青少年心理自助文库
疗愈丛书

紧 张

甲光向日金鳞开

侯鹏飞/著

囊括了丰富的指示和切实可行的建议，
让人们认识、支配和缓解自己的紧张情绪。

中国出版集团　现代出版社

图书在版编目(CIP)数据

紧张:甲光向日金鳞开 / 侯鹏飞著. —北京：现代出版社，2013.12
（青少年心理自助文库）

ISBN 978-7-5143-1953-8

Ⅰ. ①紧…　Ⅱ. ①侯…　Ⅲ. ①散文集 – 中国 – 当代
Ⅳ. ①I267

中国版本图书馆 CIP 数据核字(2013)第 313643 号

作　　者　侯鹏飞
责任编辑　赵　妮
出版发行　现代出版社
通讯地址　北京市安定门外安华里 504 号
邮政编码　100011
电　　话　010 – 64267325 64245264（传真）
网　　址　www.1980xd.com
电子邮箱　xiandai@ cnpitc.com.cn
印　　刷　北京中振源印务有限公司
开　　本　710mm×1000mm　1/16
印　　张　14
版　　次　2019 年 4 月第 2 版　2019 年 4 月第 1 次印刷
书　　号　ISBN 978-7-5143-1953-8
定　　价　39.80 元

P 前 言
REFACE

为什么当今一部分青少年拥有幸福的生活却依然感觉不幸福、不快乐？又怎样才能彻底摆脱日复一日的身心疲惫？怎样才能活得更真实、更快乐？我们越是在喧嚣和困惑的环境中无所适从，越是觉得快乐和宁静是何等的难能可贵。其实，正所谓"心安处即自由乡"，善于调节内心是一种拯救自我的能力。当我们能够对自我有清醒的认识，对他人能宽容友善，对生活无限热爱的时候，一个拥有强大心灵力量的你将会更加自信而乐观地面对一切。

青少年是国家的未来和希望。对于青少年的心理健康教育，直接关系到其未来能否健康成长，承担起建设和谐社会的重任。作为家庭、学校和社会，不仅要重视文化专业知识的教育，还要注重培养青少年健康的心态和良好的心理素质，从改进教育方法上来真正关心、爱护和尊重青少年。如何正确引导青少年走向健康的心理状态，是家庭、学校和社会的共同责任。心理自助能够帮助青少年解决心理问题、获得自我成长，最重要之处在于它能够激发青少年自觉进行自我探索的精神取向。自我探索是对自身的心理状态、思维方式、情绪反应和性格能力等方面的深入觉察。很多科学研究发现，这种觉察和了解本身对于心理问题就具有治疗的作用。此外，通过自我探索，青少年能够看到自己的问题所在，明确在哪些方面需要改善，从而"对症下药"。

目标反映人们对美好未来的向往和追求。目标是一个人力量的源泉、精神上的支柱。一个国家、一个民族如果没有远大的、被大多数人信仰的共同目标，就会形同一盘散沙。没有凝聚力、向心力，哪里还谈得上国家的强盛、民族的振兴? 一个人如果没有目标,就会失去精神动力,不可能成为高素质的优秀人才。

理想是人生的阳光,希望是人生的土壤。目标与方向就是选定优良种子与所需成长的营养,明确执行的目标,让一个个奋斗目标成为你成功道路上的里程碑,分秒必争地尽快把一个个目标变成现实。再苦再难也要勇敢前进,把握现在就能创造美好未来!

一个没有方向的人,就如同驶入大海的孤舟,不知道自己走向何方,其前景不容乐观。而有方向的人,就如同黑夜中找到了一盏导航灯。方向是激发一个人前进的动力,也是一个人行动的指针。有方向的人能为美好的结果而努力,而没有方向的人只会在原地踏步,一生也只会碌碌无为。迷茫一族应早日做好自己的人生规划,心中有方向,努力才有目标,人生之路才会风光无限。否则,在没有方向的区域里绕来绕去,最终只会走出一条曲线,或绕了一个圆圈又绕回原点。拥有规划,但还要拥有恒心,即使在艰难险阻下,也要朝着自己设定的方向锲而不舍地前行,切不可半途而废,白白浪费自己的时间。

本丛书从心理问题的普遍性着手,分别记述了性格、情绪、压力、意志、人际交往、异常行为等方面容易出现的一些心理问题,并提出了具体实用的应对策略,以帮助青少年读者驱散心灵的阴霾,科学地调适身心,实现心理自助。

本丛书是你化解烦恼的心灵修养课,是给你增加快乐的心理自助术;本丛书会让你认识到:掌控心理,方能掌控世界;改变自己,才能改变一切;只有实现积极的心理自助,才能收获快乐的人生。

紧张——甲光向日金鳞开

C目 录
ONTENTS

紧张——甲光向日金鳞开

第一篇　遭遇紧张，调整呼吸

　　紧张，似乎是人的一种天生的情绪，往往有许多时候，紧张所导致的直接后果便是生气、后悔、怨愤、恐惧甚至暴怒，而这些因素又会反过来造成你更严重的紧张，这于你的人生是极为不利的因素。因而，一个成功人士或是希望成功的人，首先应该具备的，就是如何消除自身的这种天生的情绪、学会如何放松情绪的素质。

　　深呼吸不仅能促进人体与外界的氧气交换，还能使人心跳减缓，血压降低。它能转移人在压抑环境中的注意力，并提高自我意识。

调整呼吸可以缓解内心的紧张

　　紧张是人的精神处于高度准备状态，或兴奋或不要，人体在精神及肉体两方面对外界事物反应都有所加强。如遇到好的变化、坏的变化等，都会使人紧张。紧张的程度常与生活变化的大小成比例。紧张使人睡眠不安，思考力及注意力不能集中，头痛，心悸，腹背疼痛，疲累。普通的紧张都是暂时性的。突发性的紧张是一种恐惧感。

　　如果你想克制紧张，心情放松，做个深呼吸。打个比方，有个人第一次上舞台，他会很紧张，先来一个深呼吸，然后忽略这次演出，忽略自己马上要上舞台，或要怎么样才能消除紧张把那当作不是舞台，心情平静，其实上舞台，是害怕自己可能出错，所以只要接受假如自己不小心出错，自己也能很好地接受即将出现的情况。

　　想必大家都经历过紧张的感觉吧？它不但会影响成绩，还会让大家的情绪十分不安！

　　下面给大家介绍一个方法，这个方法最早是日本人发现的！有人曾用过几次，比较有效！特此推荐！

　　首先，紧张的人一般都会心慌，气短，手出汗，还有想上厕所的，不知道读者有过这些感觉没有？这时读者应该先深呼吸，把气息憋住 10 秒钟左右（如此反复可缓解心慌等问题）。

　　尽量让自己保持镇定，然后用右手握住左手四指，将四指（环指）整体握住，然后轻轻挤压，感觉四指有稍微充血的感觉，就这样按摩 20～30 分钟，演出比赛时的心率会降低 50% 以上。最后，希望读者以良好的心态来面对考试和比赛！

　　赛前焦虑包括精神和身体症状。后者主要涉及的是植物神经活动的变化，表现为心率加快、血压升高、呼吸加深加快、肌肉紧张、皮肤苍白、失眠、尿频、腹泻等。精神症状可导致优秀选手发挥失常。这些症状通常发生在赛前 24 小时。起初,心率加快可能是主要的表现。长期的紧张和焦虑将波及神经、内分泌、免疫、消化、呼吸、心血管和泌尿等多种系统,诱发偏头痛、功能性高血压、消化性溃疡和甲状腺功能亢进等心身疾病。在严重焦虑的运动员中,心率不齐、消化系统疾病、肥胖、头疼、月经不调、口臭等发病率特别高。

1984 年 10 月 14 日,在我国首都北京举行的"北京国际马拉松比赛"过程中,出现了一幅激动人心的场面。我国选手曾朝学在一路遥遥领先于大多数选手的时候,突然一年前扭伤的左腿开始疼痛起来,接着呼吸也乱了起来,跑的速度跟着降了下来,慢慢地落后了 200 米。当时,他汗流浃背,精疲力竭,心理上不由得产生了能不能勉力追赶,甚至能不能跑完全程的忧虑。越是这样想,他就越发觉得疲惫不堪,难以坚持,气喘吁吁,心慌神乱。后来,他不断地提醒自己"有希望,要专心",在努力减轻身心的紧张、压抑的同时,注意调整一颠一簸的步伐带来的呼吸不均,调整呼吸节奏,强迫自己振奋精神。终于以坚韧不拔的意志,度过了困苦的"极限",保持一种从容不迫的步伐节奏,最后转败为胜,取得了比赛第三名的优异成绩。

曾朝学的取胜,固然要靠他平日锻炼出来的坚强体力。但更重要的是,在关键时刻,他善于调整自己的呼吸节奏。所以说,我们要想保持心理健康,那就需要学习善于控制自己的呼吸。因为有节奏地呼吸会改善你的大脑的供氧状况。

生理学家的实验证实,每人每天大约要吸入 16 升的空气,这个数字相当于摄入的食物和水的 6 倍体积。正常工作时,大脑的需氧量是身体需氧量的 3 倍;坐着的时候,需氧量则要更大些。简而言之,人的大脑仅占体重的 2%,可是它的耗氧量却占全身的 20%。呼吸可以使身体和大脑充满生机勃勃的活力。有规律地、有节奏地呼吸,可以促使大脑灵敏;在吸入和呼出的间隙,如果能屏气几秒钟,就可以使大脑稳定化,有助于集中注意力。通过缓慢的深呼吸,可以主动地控制身体的活动,可以有意识地减慢脉搏,而且可以改变意识的状态。

当你感到情绪紧张的时候,你要尽力使你的心脏跳得慢些,这样会使你的大脑工作轻松化。因为比较缓慢的心跳,可以给人一个缓冲的"歇息"。

紧张——甲光向日金鳞开

通常人们的心跳次数为每分钟70～80次。生理心理学的研究者经过实验证实,如果你能把心跳保持在每分钟60次以下,那你的身心将会更加健康,也会提高大脑功能的敏捷程度和灵活程度。你可以试一试,排除一切杂念,漫步在林荫路上,或者缓慢自如地、精神专注地打一套太极拳,你的感觉会是什么样子。我想,你会感到心理上轻松、精神上舒畅、身体上舒适吧。为什么会有这样轻松舒适的感觉呢? 那就是因为身体和大脑,同时协调地放松了的缘故。

调整呼吸需要节奏

如果平常你没有散步、打太极拳的场地或时间,那你可以坐在舒适的椅子上,精神专一地欣赏美妙的古典音乐或者轻音乐。如果这样的条件你也不具备的话,你不妨闭目静坐,在头脑里想象着打一套太极拳、做一套广播操,或者什么也不去想地"如入禅境"。如果做不到"什么也不去想",那你就默念数字。总而言之,精神集中,不去牵挂思念。这种方法也可以叫作"冥想放松法",主要的目的是,设法调整你的呼吸,让你的呼吸缓慢而又有节奏。

下面介绍一个简便的调整呼吸节奏的方法:(1)呼吸要和动作一致,在呼吸时要配合身体的动作。(2)坐端正,身体放松,做深呼吸。从下腹部逐渐地往胸膛充气,呼气时腰部用力,尽量放开腹部将气挤出去,好似充气的皮球;吸气时,腰部也要用力,尽量收缩腹部将气吸进来,好似泄了气的皮球。

当你这样深呼吸的时候,要掌握四点:(1)必须分阶段地一次一次地做下去。(2)吸足气后,不要立刻呼出,要尽量使这口长气,一直沉到下腹部。(3)绝对不能勉强地用劲,乱用劲或者劲过大,否则,便收不到应有的效应。因为"放松"是一种人为的技巧,而不是靠天生的自动的反应。那么,怎样放松? 怎样才能使呼吸有节奏? 这要靠学习,靠慢慢地摸索,而这种学习和摸索,是要根据你自己的体力"量力而行"。病号和运动员同样采用这种调整呼吸节奏的疗法时,显然用劲的程度是不会相同的。(4)调整呼吸节奏疗法,也可以叫作和脉搏同步的"韵律呼吸法"。吸、止、呼的时间比例,平均是1:4:2。让呼吸和脉搏同律,效果会更好。

调节紧张三种呼吸

人们通常情绪激动时,会呼吸短促,如果此时试着做几次深呼吸,会有助于情绪的控制,从而使激动的情绪趋于平静,并消除紧张状态。

在日常生活中,我们经常用到的呼吸调节法主要有以下三种:

1. 深呼吸法

当我们紧张焦虑时,我们的呼吸节奏会不由自主地加快,而且是胸式呼吸,即我们的腹肌、膈肌几乎没有参与收缩。那么,我们要想排除焦虑等情绪,最简单、最有效的方法,就是做"深呼吸",即腹式呼吸了。

腹式呼吸法(深呼吸法)的具体做法如下:

长长地吸气,再缓慢地呼气。让你的膈肌做有力的回收,尽量能有那种"前心贴后背"的感觉,然后再放松。必要时可配以头部的来回上仰和下垂、双肩的上下提升,以及用默数"1、2、3……"的方式来控制呼吸的速度。

2. 腹式呼吸法

这是一种通过调整呼吸以利于放松情绪、集中注意力的方法。其具体做法如下:

以一种舒适的姿势开始,或坐在椅子上,或自然站立。轻轻闭上双眼或半睁双眼。先把气从口中和鼻子里慢慢吐出,边吐边使腹部凹进去。待空气完全吐出后,闭上嘴,从鼻子慢慢吸进空气,把腹部渐渐鼓起来。吸足了气之后,暂停呼吸。然后再一边从鼻孔里轻轻地把气吐出来,一边让腹部凹进去。初练时可用嘴配合吐气,以后用鼻子呼吸。

在做练习时,还可以边吐气边默数"1、2、3……"数到10时,再回过头从1数起,注意力就会自然地集中到数数上。所以,这也是培养注意力的一种练习。

3. 内视呼吸法

这是一种运用视觉表象调节呼吸的方法。具体做法如下:

闭目静坐,舌尖贴住上颌,面部肌肉自然放松,身体取一个最舒服的放松姿势。边做缓慢而深长的腹式呼吸,边想象吸气时气流徐徐从鼻孔进入鼻腔,同时想象气流中有一个红色气泡沿着气流行走路线前进,从鼻腔经过咽喉,沿气管到支气管,直到胸腔。气流在想象中又继续前行到达腹腔,再经过右(左)髋部走到右(左)大腿——右(左)膝——右(左)小腿——右(左)脚底。稍停之后,想象气流再带着小红气泡沿着原路返回,直至完全把气体排出体外。

再按上述方法进行反复练习时,可以一次想象气泡沿着身体右侧运行,下一次想象沿身体左侧运行,这样交替进行。每次练习 5～10 分钟即可。

心灵悄悄话

各种呼吸调节法虽然简单,但是如果平时不做练习,就会在真正要用时没有效果。所以,建议你一开始每天至少要抽 10 分钟来加以练习,到掌握后再减少练习的时间。如此即可保证你遇到考试等高度紧张焦虑时能迅速平静放松下来。

选择适合自己的紧张调节法

呼吸调节法介绍

虽然人人都在不停地呼吸，都知道呼吸对于维持生命的必要性，但却不一定知道某些特定的呼吸方法，还有解除精神紧张、压抑、焦虑、急躁和疲劳的功效。通过一段时间的练习，掌握一些基本方法，就可能运用呼吸进行自我心理调节。下面这些练习可以先做普遍的尝试，然后从中选择几种对自己最为有益的方法，经常练习。

1. 深呼吸练习

练习时可以采用站式、坐式或卧式。最好用卧式；平躺在地毯或床垫上，两肘弯曲，两脚分开 20~30 厘米，脚趾稍向外，背向着。对全身紧张区逐一扫描。将一手置于腹部，一手置于胸上，用鼻子慢慢地吸气，进入腹部，置于腹部的手随之舒适地升起。现在微笑地用鼻子吸气，用嘴呼气，呼气是轻轻地松弛地发"呵"声，好像在轻轻地将风吹出去，使嘴、舌、颌感到松弛。做深长缓慢的呼吸时，体会腹部的上下起伏，注意呼吸时的声音越来越松弛的感觉。

这个练习每天须做 1~2 次，每次 5~10 分钟，1~2 周后可以将练习时延长至 20 分钟。

每次练习结束，用一些时间检查身体上是否还有紧张感，如果有，比较这种紧张与练习开始时的紧张感有没有区别。

2. 叹气练习

人在白天有时会叹气或打哈欠，这是氧气不足的征兆。叹气、打呵欠是机体补充氧气的方式，也能减少紧张，因此可以作为松弛的手段来练习。

紧张——甲光向日金鳞开

站立或坐着长长地叹一口气,让空气从肺部跑出去。不要想到吸气,让空气自然地进入。重复 8 ~ 12 次,体验一下松弛感。

3. 充分自然式的呼吸练习

健康婴儿或原始人采用充分自然式的呼吸,文明时代的人喜欢穿紧身服装,过着紧张的生活,已经没有这种呼吸习惯。下面的练习可帮助我们恢复充分而自然的呼吸。

坐好或站好,用鼻子呼吸。吸气时,先将空气吸到肺的下部,此时横膈膜将腹部推起,为空气留出空间;当下肋和胸腔渐渐向上升起时,使空气充满肺的中部;最后慢慢地使空气进入肺的上部。全部吸气过程需要 2 秒钟,要有连续性。屏住气,约几秒钟。慢慢地呼气,使腹部向内缩一下,并慢慢地向上提。气完全呼出后,放松胸部和腹部。吸气之末可以抬一下双肩或锁骨,使顶部充满新鲜空气。

4. 拍打练习

这个练习可能使人清醒,变紧张为松弛。直立,两手侧垂,慢慢吸气时,用手指尖轻轻拍打胸部各个部位。吸足并屏住气后改用手掌对胸部的各部位依次拍打。吸气的嘴唇如含麦秆,用适中的力一点一点间歇地吐气。重复练习,直到感到舒服。同时可将拍打部位移到手所能及的身体其他部位。

5. 充分自然呼吸加想象

这个练习将充分自然式呼吸的松弛效果与肯定性自我暗示的效果结合在一起。

取平卧姿势,两手轻轻放在胸前(上腹部肋尖处),做几分钟充分自然式的呼吸。随着每一次吸气,想象能量进入肺部,并立即储存于太阳穴处。想象随着每次呼气,能量流到身体的各部分。在心理上形成能量在不断流动的图景。

这种练习,每天至少一次,一次 5 ~ 10 分钟,然后进行以下两种变式练习。第一种:一手放在太阳穴,另一手放到受伤或紧张的部位。当你吸气时,想象能量是由肺储存于太阳穴处,当你呼气时,想象能量流到那个需要调理的部位,吸入更多的气;呼气时想象那能量驱除了病痛与紧张。第二种:变式与第一种基本相同,只是呼气时想象是你在指导能量驱除病变和紧张部位。

尝试用深呼吸调节紧张

主动进攻的方式,最简单的莫过于深呼吸。为了培养勇气,当面对观众时,不妨就表现得好像真有勇气一般。可是,除非有所准备,否则再怎么表演也是无用的。不过,如果已经定下并熟悉了自己所要讲的内容,那就大踏步而出,并深深地呼吸。事实上,在紧张之时,应深呼吸30秒,这样所增加的氧气供应可以提神,并能给你勇气。

深呼吸确实具有这样的功效。每隔几小时深呼吸几次,同时放松肩膀、双臂,伸展一下。每天睡前或者清晨练习20次,让自己的呼吸逐渐缓慢而悠长起来。深呼吸时,身体会自然放松。

通过胸部深呼吸,可以增加呼吸量,使血液中的氧气含量更充足,使肺间的二氧化碳排出得更彻底,还可以扩大胸廓,减少心脏和肺受到的压力。因此,在面临紧张情况时做深呼吸,可使人全身放松,恢复镇定和平静,并且增加勇气与自信。在练习深呼吸时,可以闭上眼睛,以放松的姿势坐着或站着。抬头挺胸,双肩放平。吸气时要深深地吸,把肺部尽量扩张;呼气时慢慢地呼,让呼气时间拖得稍长一点,一直到把肺部的残留气体差不多呼尽为止。尽量用鼻子呼吸。深呼吸放松法简单易行,不需要占用较长时间,是一种方便、有效的应急措施。如在考试之前、出场表演或讲演之前以及参加体育竞赛之前,都可以用深呼吸法来调整身心状态,减轻紧张情绪。

如果你是一个容易紧张的人,你可以随时随地刻意找一些焦虑的情境来练习。例如:要求自己一定要跟身边的人讲一两句话,故意在上课的时候提一个问题等。你会注意到,当你面对这些情境的时候,你全身的肌肉会紧绷起来,脸部、肩膀、胃部都可能有紧张的感觉。这时候,你就把这些部位的肌肉放松下来,让自己不断做深呼吸。当你比较放松的时候,你就再继续挑战这些可能引起焦虑的事。当肌肉再紧张起来的时候,你就再次地放松它。长久下来,你会变得很容易注意到自己的肌肉在紧张,也能很快地放松肌肉。这时候,你就养成放松的习惯了。

在深呼吸的同时,配合数数,将有助于更快地放松自己。

当你处于紧张的状态之中不能放松时,慢慢地从 1 数到 10 能够有效地帮你解除紧张的情绪,使你冷静下来。因为,当你慢慢地数数时,就会下意识地深呼吸,这对你精神放松大有好处。培养这样一种习惯——每当自己开始紧张时,就马上想到应该从 1 数到 10。

不过,还是要再强调一点,放松的能力绝对不会是一天、两天就能养成的,您一定要长期努力才能成功。

解决紧张深呼吸的步骤

1. 当觉得浑身有焦虑和紧张带来的"火烧"般感觉时,马上停止学习,将双手平放在桌面集中精力感受桌面的凉爽,向前垂下头,轻轻转头并深呼吸。

2. 中医按摩舒缓法。速成:双手捂耳,沿顺时针、反时针方向各揉 30 次,再用两拇指用力按揉双侧太阳穴,会有一种清新感,沉浸其中并逐渐放松。

3. 进入考试,不理会别人的表情和反应,在自己的座位坐好,把视线集中在教室前的某一个点上,凝视 1 分钟左右,什么都不要去想,让情绪稳定下来。

4. 临场紧张怎么办? 在深呼吸时努力放松,让你的胳膊和手自然下垂到身体两侧,你能感觉到流入手内的血液的温暖,尝试想象紧张感正从手指尖溜走。

5. 放松训练:适当呼吸,从手臂开始,再按头部、颈部、胸部、肩部、腹部、臀部、大小腿、脚趾肌肉的顺序,交替收缩、放松骨骼肌肉,体验肌肉松紧程度。

6. 考试入场前,如仍处于紧张状态,可做几次深呼吸,做两节广播操,哼几句流行歌曲,想点与考试无关使自己高兴的事,参与同学间谈笑来转移注意力,冲淡紧张情绪。

7. 如在考场过度紧张,先停笔,身体自然坐正,轻闭双眼,双手平放桌上深呼吸,收紧双拳以及全身肌肉,然后慢慢呼气,随之放松肌肉,待情绪稳定后再继续答题。

深呼吸自我消除紧张

具体的方法是:选择空气新鲜的地方,每日进行2~3次。胸腹式联合的深呼吸类似瑜伽运动中的呼吸操,深吸气时,先使腹部膨胀,然后使胸部膨胀,达到极限后,屏气几秒钟,逐渐呼出气体。呼气时,先收缩胸部,再收缩腹部,尽量排出肺内气体。反复进行吸气、呼气,每次3~5分钟。

深呼吸的好处很多人都知道,但容易被忽视的是,不生病的时候主动咳嗽几下,也是积极的保健动作,可促使肺部清洁、增强免疫力、保护呼吸道不受损伤。咳嗽是一种保护性反射动作,能清除呼吸道内异物或分泌物,而这些物质是引起肺部疾病的原因之一。具体的方法是:每天起床后、午休或临睡前,在空气清新处做深呼吸运动,深吸气时缓慢抬起双臂,然后主动咳嗽,使气流从口、鼻中喷出,再双臂下垂。如此反复8~10遍,尽量将呼吸道内的分泌物排出。

深呼吸是自我放松的最好方法,它包括从简单的深呼吸、瑜珈,一直到冥想的一切活动。深呼吸不仅能促进人体与外界的氧气交换,还能使人心跳减缓,血压降低。它能转移人在压抑环境中的注意力,并提高自我意识。当人们知道自己能够通过深呼吸来保持镇静时,就能够重新控制情感,缓解焦虑情绪。

出现严重压力时,人们可以采用深呼吸的方式,这是专家们对那些尝试克服恐惧(最大压力)者的一条建议。

可以在任何时候练习深呼吸,并不一定是在承受压力时才进行。如上班路上;每餐之前;运动的时候;表演之前。

深呼吸的技巧

1.坐在一个没有扶手的椅子上,两脚平放,并使大腿与地板平行。将背部伸直,手放在大腿前部。

2. 用鼻子进行自然的深呼吸,腹部扩张,想象着空气充满了腹部。

3. 在连续的呼吸中,完全扩张胸部和肺部,感觉胸部正缓慢上升。想象空气正在腹部和胸部间向各个方向扩张。

4. 通过鼻子缓慢地呼气。呼出时间比吸入时间长。

5. 呼吸至少1分钟,保持节奏舒缓,不要强求自己。注意呼吸的深度和完全程度,并使身体放松。

有意识地深呼吸,给肺部增加输气量,从而增加血液里的含氧量,促进、加快营养物质的完全氧化,给机体增加能量,氧化致使机体疲劳的乳酸,使机体的疲劳很快消除;大脑得到充分的营养,是大脑自己调节,思维与休息的作息时间,从而消除思虑过度,出现的精神抑郁症——并且增加胆量,消除不必要的恐惧……深呼吸使血液的含氧量增加,可以更进一步氧化分解有机营养的中间产物,使分解更彻底,减少有机营养中间产物在机体里的积累。例如:进一步氧化脂肪酸,预防肥胖,甚至治疗肥胖症;促进碳水化合物的氧化,不使碳水化合物分解转化成脂肪酸而沉积在机体,而导至肥胖。深呼吸增加机体的供氧量,可使所有的肌肉兴奋、所有的功能增加、能使衰弱的机体恢复健康,能使健康的体魄,更增加有活力!

心灵悄悄话

深呼吸的确具有解除紧张的功效。养成这个习惯有待于你大量而持久的练习。每隔几小时深呼吸几次,同时放松肩膀、双臂,伸展一下。你不妨现在就对着镜子进行这样的练习。当你自己的呼吸逐渐悠长起来,你会发现自己很容易就能控制紧张情绪。

第二篇　正确对待自卑

　　每个人都会有自卑感，这种心理导致心理紧张。但不同的人可能有不同的选择。

　　第一种人自惭形秽，被自卑所压倒，在消沉中萎靡不振，形成恶性的"自卑情结"。

　　第二种人由于刺激产生了强烈的反抗心理，急于改变自卑的地位，不顾他人的利益，形成专注于自我的狂热的"优越情结"，往往也容易遭到失败的结局。

　　第三种人是上述两者的中间型，他既正视自己的自卑，注重克服和超越，也清楚人是社会的动物，必须适应协作的生活。

做到认可自己

对自己说"我可以",是一种积极的心态,是对自我的一种肯定。下面是一个虚构的故事,但它源于生活,能给人以启迪。

一个外出的商人,驾车行驶在漆黑无人的小路上,突然轮胎爆了,这时他看到远处农舍的灯光。他边向农舍走去边想:"也许没有人来开门,要不然就没有千斤顶。即使有,小伙子也许不会借给我。"他越想越觉得不安,当门打开的时候,他一拳向开门的人打过去,嘴里喊道:"留着你那糟糕的千斤顶吧!"这个故事只会让人哈哈一笑,因为它揶揄了一种典型的自我击败式的思想。在商人敲门之前,他已向自己一拳拳地打过来,"也许……即使……也许"这些只往坏处想的词语把他自己击败了。

如果你想的是厄运和悲哀,那么悲哀和厄运就在前面。因为消极的词语会破坏一个人的自信心,不能给人鼓舞和支持。面对失败,你需要获得一种良好的自我感觉,首先要往好处想。

调整你的思维

一位叫婷的女职员一见面就告诉医生说:"我知道你帮不了我,医生。简直糟糕透了,我把工作干得一团糟,我肯定要被解雇了。昨天我的老板说要调动我的工作,他说是提升,可是如果我干得很好为什么还要调动呢?"

就这样,她越说越悲伤。其实两年前婷刚拿到工商管理硕士学位。薪水也不低。这听起来并不算失败。第一次会面结束的时候,婷的治疗医生告诉她把平时所想的记下来,尤其是晚上难以入睡的时候。下次治疗,医生看到婷的记录这样写道:"我并不精明,我之所以走到这一步,只是一次又一次的侥幸。""明天将会有一场灾难。我从未主持过会议。""老板今天上午一脸怒气。我做错什么了?"婷承认说,"仅仅在一天里,我就列出了 26 条否定自己的思想。难怪我总是无精打采,愁容满面呢。"

如果你情绪低落,那么你肯定是在给自己输送消极信息了。听听你头脑中的话语。把这些话大声地读出或记下来,也许这样可以帮助你降伏它们。

排除负面词语

有些人总喜欢说,我"只不过是个小秘书。""仅仅是个小店员。"我们就是用这些"只不过""仅仅"来贬低自己的职业,进一步说,就是贬低我们自己。对于我们来说,罪魁祸首就是"只不过"和"仅仅"。如果把这些词去掉,就是"我是一个店员"和"我是一个秘书",这些话就毫无负面意义了。两种陈述方式都向随后而来的积极一面打开了大门,确信"我正走在成功的路上"。

停止消极思想

当消极想法一开始升起,就用"停止"这个词阻止它进行。

"我该怎么办? 如果……"你一定要放弃这样的想法。为了有效地"停止",你必须顽强而执着。当你下命令的时候,要提高嗓门。设想自己压倒内心中的恐惧声音。

小张是个 20 多岁工作勤奋的单身汉,在一家公司任经理。他很小的时候,母亲就死去了,父亲哺养他长大。他们生活得很好,然而他父亲有时过于谨小慎微,致使小张也非常容易焦虑。不知不觉地,他的内心世界受到了

紧张——甲光向日金鳞开

他父亲的影响,变成一个满腹疑虑的人。尽管被公司的一个女同事所吸引,可他从来不敢向她提出约会。他的多虑使他在这件事上无所进展。

后来当小张停止了他内心恐惧的声音,约这个女同事出来的时候,这个女同事却说:"小张,为什么你不早点儿约我?"

往积极的方面想

有这样一个故事,一个男人去找一个精神病学医生。"你怎么了?"医生问。

"两个月前我祖父去世,留给我 75 000 美元遗产。上个月,我一个表哥路过又给了我 100 000 美元。"

"那你为什么还这么不高兴呢?"

"可是这个月,什么也没有!"

当一个人心情沮丧时,他看一切事情都会失望。所以当通过喝一声"停止"而驱除掉那些消极的念头时,也要用好的思维方式来代替。

有人曾这样来描述这个过程:"每天晚上我一上床,就觉得头脑里乱糟糟的,无法入睡,我总在想:'我是不是对孩子太严厉了?''我忘了给那位当事人回电话吗?'最后,在我不知所措的时候,我想起了有一次和女儿去动物园的事。我记起她对着黑猩猩笑。很快我的头脑充满了愉快的记忆,我睡着了。"

多想些以前的好事。想一想你被提升了或者进行过的一次愉快旅行。

扭转思维方向

你还记得你自己一天无精打采的时候,忽然有人说:"我们出去玩会儿好吗",你是怎么一下子精神振作起来的呢? 因为你改变了思维的方向,所以心情一下子开朗起来了。

现在就扭转感觉方向。你很紧张因为到星期五之前你必须完成一项庞大的计划。星期六你计划同朋友去采购。这时,你就需要把心情从负担沉重的星期五,调整到快乐怡人的星期六了。

练习一下把痛苦的焦虑转变成主动解决问题的心理状态。例如,如果你害怕飞行,那么当飞机起飞或降落时,可以把注意力集中到机场的灯光或跑道上。在飞行中,你可以想一些地面上你喜欢的活动。

通过调整自己的思维,你可以发现另一个自己及周围的另一个世界。如果你认为自己可以做到,就要争取到做这件事情的机会。乐观精神会推动你向前,消极悲观会使你陷入困境。

培养自己这种习惯:保持最好的自我,成为你最想成为的"那个你"。要记住自己受人赞美的地方,使之成为指导你一生发展的参照物——最好的自我形象。你会发现重新调整自己的做法将会像磁石一样吸引你,当你设想自己达到了目标时,你会感觉到这块磁石的力量。

心灵悄悄话

如果你以不同的方式思考,会有不同的感受和行为,这全在于你如何控制自己的思想。正像诗人约翰·弥尔顿写的:"心灵可以把天堂变成地狱,也可以把地狱变成天堂。"

紧张——甲光向日金鳞开

抛弃自卑

一个人要想完善自己，就得超越自己、超越自卑。下面是一个女孩的自述，应该对你有所启迪：

高中三年的自卑情形至今有些人仍历历在目，当然现在看起来似乎有些可悲、可笑。这一段痛苦的经历使人深深地体会到，自卑是阻碍前进的大敌，是走向成功的绊脚石。它犹如一味腐蚀剂，麻醉人的意志，瓦解人的斗志，让人不战自溃，无心进取。但有意思的是，无论是在初中，还是高中，想必大家都遇到过有自卑情绪的同学和朋友：有的因学习成绩不理想而抬不起头，心情压抑；有的为生活条件不如同学而觉得低人一等；有的为自己外貌上的缺陷而伤心；如果不正视自卑情绪，并努力战胜和克服它，要想做出一番事业，顺利到达成功的彼岸是很难的。如果你有意识地剖析了自己的性格特点，有针对性地采取措施克服自卑的灰暗心理，强化自己的自尊心和自信心，树立积极进取的健康心态，逐渐找回失去的自我。因为克服了自卑心理，这世界重新对我绽开了笑脸。

超越自卑，就要正确地认识自己和评价自己。"尺有所短，寸有所长"，每个人都是既有优点，又有缺点的。超越自卑，要扎根于现实土壤，确立合适的奋斗目标。如果你一向不善言谈，却期望自己在第二天的辩论会上成为一个口舌如簧的雄辩家；你生性腼腆，却期望自己在周末的文艺晚会上一鸣惊人，那你注定要饱尝受挫的滋味。

超越自卑，还要学会科学地比较。喜欢把自己和他人比较，这本来无可厚非，但关键是要学会掌握正确的比较方法，建立合适的参照系。习惯于用自己的缺点与别人的优点比，以己不足和他人之长相对照，肯定只会灭自己的威风，最终落进自卑的泥潭，失去前进的动力。当然，也不能从一个极端走向另一个极端，老是用自己的长处去比别人的短处，这样容易唯我独尊，总觉得比别人高出一筹，产生扬扬自得、不可一世的心理。这两种情况都是阻碍成功的大敌，需要我们在成长的过程中予以重视。既不要因与他人比较而失去信心，也不要因此而沾沾自喜。通过科学的比较，要能发现自身的长处，明了自身的欠缺与不足，比出信心，比出勇气，为自己的成功增添动力。

超越自卑，就要根据自己的欠缺与不足，有意识地加以改进，努力使自己成为一个全面发展的人。大凡在事业上做出突出成绩的人，在这方面都做得很好。日本首相田中角荣天资聪颖，但中学时患有口吃的毛病，这给他带来了巨大的苦恼，他因此变得自卑、羞怯和孤僻。有一次上课，他的同桌捣乱，教师误以为是田中干的，当田中站起来辩解时，竟面红耳赤，什么也说不清楚，老师更加认定是他做错了又不承认，别的同学也嘲笑起他来。这件事对田中刺激很大，他回到家，分析自己口吃的原因主要还是源于个人的自卑。从此，他时时鼓励自己在公共场合发言，主动要求参加话剧演出，并经常练习，终于克服了口吃的毛病，为他走上职业政治家的道路奠定了基础。

清醒地认识自己，别把时间浪费在自卑的嗟叹中，致力于完善自我、不断前进的努力中，这样，就会感到：自卑并非不可战胜。

有这样一首诗：

如果你认为自己已经被打败，

那你就被打败了；

如果你认为自己并没有被打败，

那么你就并未被打败；

如果你想要获胜，但又认为自己办不到，

那么，你必然不会获胜。

如果你认为你将失败，

那你已经失败了，

因为，在这个世界上，我们发现成就开始于人们的意识中，

完全视心理状态而定。

如果你认为自己已经落伍，

那么，你已经落伍——

你必须把自己想得高尚一点。

你必须先确定自己，

才能获得奖品。

紧张——甲光向日金鳞开

生命的角逐并不全是由强壮或跑得快的人获胜;

但不管是迟是早,

胜利者总是那些认为自己能获胜的人。

背诵这首诗,将对我们大有帮助,你可以把它当作是你发展自信心的工具及装备。自信的反面是自卑。自卑是人生最大的跨栏,每个人都必须成功跨越才能到达人生的巅峰。自卑就像蛀虫一样啃噬你的人格,它是你走向成功的绊脚石,它是快乐生活的拦路虎。

当你还是孩童的时候,自卑有可能就会像一个神秘的怪物一样跟随着你,一步一步地侵蚀你的勇气和信心。自卑的人,他的眼睛总是盯着脚尖,他的双手总是偷偷地藏在口袋里。他一生只能待在一个狭小的角落,不敢挪步,不敢吭声。自卑的人,即便才干出众、天赋优越、品德高尚,要成就伟大的事业也是有相当难度的。

有这样一个故事:有一次,一个骑兵给拿破仑送信,由于速度太快,在快到目的地时,那匹马猛跌了一跤,马儿因此一命归西。接到信后,拿破仑立刻回了信,并叫那个士兵骑他的马快速把信送回去。

看到那匹装饰无比华丽且非常强壮的骏马,那个士兵说:"我是一个普通的战士,不配骑这样好的马!"

拿破仑则说:"没有任何东西是法兰西士兵不能享有的。"

在社会上,到处都是和这个法国士兵相似的人。他们以为,生活中的美好事物,只是为那些特殊人物准备的。正因为有了这种卑下的心理,所以他们不可能取得伟大的成功。

在人生的词典里,一定要坚定地删除四个字,那就是:"我做不到。"没有一个人一来到这个世界就可以做到所有事情。所以,你要不断地向一个人求教,询问自己的能力是否得到了充分的开发,你的潜能是否完全被利用,你的才智是否得到最大限度的显现,你所要求教的那个人其实就是自己。心理学家曾经指出:"我们对自己的认知、对自己的定位以及我们将要实现的目标,决定着我们将在这个世界上的独立位置。"

一个人如果在心目中始终为自己绘制着失败的画像,那么他就注定是一个失败者;如果在自己的心田里不断地复制自己获胜的画卷,并积极地赋予行动的话，一个时代的伟人就会在他的面前出现。要记住，除了你自己没有任何人能够对你的命运持有最后裁决的权力，你是唯一的法官。在这个世界里，如果你想征服全世界，首先就要征服自己。只有征服了自己，才能征服一切。上帝是公平的，它给予任何人的机会都是等同的。成败的关键是看你能否真正理解自己，读懂自己并开发自己。

心灵悄悄话

把自卑扔出自己的世界吧，你的才能是特别的，你应该懂得如何地去利用它。如果你怀揣着金色的饭碗去讨饭，那你就是一个愚蠢的人。

世界总有你的位置

阿尔弗雷德·阿德勒于1870年出生于奥地利维也纳近郊的一个富裕的粮食商家庭,不过,在阿德勒的记忆中,家境的富裕似乎并没有给他的童年带来多少快乐。他在弟兄中排行第二,从小驼背,行动不便,这使他在活跃的哥哥面前总感到自惭形秽,老觉得自己又小又丑,样样不如别人。

五岁那年,一场大病几乎使他丢掉小命,痊愈以后,他便决心要当一名医生,在后来的回忆中,他曾说自己的生活目标就是要克服儿童时期对死亡的恐惧;进学校读书以后,开始他的成绩很差,以致老师觉得他明显不具备从事其他工作的能力,因而向他的父母建议及早训练他做个鞋匠,认为这才是明智之举。

1895年,阿德勒在维也纳大学获得医学学位。在从事了一段眼科、内科工作之后,他成为一名精神病学医生。1902年,他被弗洛伊德邀请加入维也纳精神分析协会,成为弗洛伊德最早的同事之一。1907年,阿德勒发表了一篇论述身体缺陷引起的自卑感及其补偿的论文并获得了很高的声誉。1911年,阿德勒率领他的几个追随者退出了维也纳精神分析协会,另组了"自由精神分析研究会",鉴于"精神分析"一词已为弗洛伊德用了,不久他又把组织名称改为"个体心理学学会"。

1935年,阿德勒定居美国,在长岛医学院任医科心理学教授。他的观点通过这个学会在纽约、芝加哥、洛杉矶等地广为传播,并办有刊物《美国个体心理学杂志》。

阿德勒的理论有其完备的体系,但其中最著名的概念之一就是他的"自卑情结"。阿德勒从自己的成长经历中总结出这个概念,并且提出了与之相关的理论。他认为,自卑感产生于一个人感觉生活中任何方面都不完善、有缺陷。这会使人心情沮丧，但同时自卑感也能促使人努力克服缺陷。阿德勒把这种努力叫作补偿。举例来说，一个虚弱的孩子经常勤奋地锻炼身体，使自己变成一个肌肉发达的强壮的人。这就是他在补偿自己生理上的缺陷。阿德勒还认为，人们都会为力求自身完美而不断努力，他把这个称作追求优越，而补偿也是追求优越的别称。

这个从小矮小丑陋有着缺陷的孩子，在自己的不断努力下，战胜了自卑，追求着优越，一点点成长为心理学史上的一位巨人！

其实自卑在我们的现实生活中是广泛存在的，自卑的产生并不一定是坏事，它能激发我们身上某些隐藏的潜能，关键在于我们如何看待自卑。任何事物都有两面性，只要我们的看法发生改变，自卑对于我们的影响也就会相应改变。

只要相信，这个世界总有你的位置。

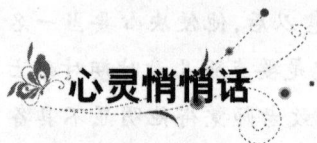

心灵悄悄话

在滚滚红尘中，生命有如沧海一粟，不要让自卑占据你整个心灵。插花很美丽，但你想过吗？其实没有花的那部分空间也属于插花的一部分。拒绝自卑吧！时常提醒自己"天生我材必有用"，生活不会也不可能将你遗忘。

紧张
——甲光向日金鳞开

自卑是可以摆脱的

曾经，一个幼儿园老师问孩子们谁最美，一个小男孩站出来，他认为他最美，幼儿园老师骂他臭美，奚落了他一番，其实打击一个孩子的自尊心就这么简单。

幼小的心灵是需要呵护的，一个没有爱心的老师却浑然不知，不经意间，这个男孩心中已经蒙上了阴影。

一个叫小琳的女孩在作文中写道：曾经和几个孩子比写字，拿去让一个邻居老太太评，很自信的小琳没想到老奶奶说她的字写得最难看，小琳哭了。

从此，她开始怕写字，越怕越写不好，老师也在班上批评她的字，小琳提到写字就害怕，自尊防线彻底崩溃，在自愧不如的惶恐中，她的学习成绩也开始下降。在小琳的弱小的心灵中，老太太代表了权威，她不知道老太太的眼光并不准确，但无知的她却在过了很久之后才找回了自信。夺去一个孩子的自信心就这么简单，而让一个孩子产生自卑感也是这样的容易。

人的心灵都是脆弱的，我们多多少少都会有自卑感。自卑感是一种普遍的心理现象，没有自卑感的人几乎是不存在的。不同的是，有的人仅在人生的某一阶段产生某种自卑感，而有的人的自卑感将贯穿一生。

当我们觉着自己不如别人时，我们只要努力，只要奋进，就会以想不到的速度超越别人。

当"毛孩"于镇环从容面对电视前的观众侃侃而谈时，谁也想不到他是在自卑中长大的。当他因为浑身长毛而不敢出门时，他说他甚至想到了自杀。从小到大他都被当成怪物，在别人的指指点点中，他看见自己在他人心中的怪异。自卑差点湮没了他，但强烈的活下去的念头就像悬崖上的一点碧绿，让他生出希望。于镇环说有一天他懂得了换个角度去想，不再以别人的眼光看自己，他认为自己是特别的，自己身上的毛是上苍赐予他的，他更要好好地活着。于是他学会了不在乎，并且找到了自己的长处，当他终于赢得了世人对他的认可时，于镇环找回了自信。他开始相信上天对每一个活着的生命都是公平的。

心灵悄悄话

自卑其实是可以摆脱的，只要我们愿意，我们就能走出自卑的陷阱，我们就能找回信心，明天就一定属于我们自己。

紧张
——甲光向日金鳞开

正视自卑

　　自卑虽然只是一种情绪,但它却具有极大的破坏力,它会使我们主动放弃努力,它会像指挥木偶一样操纵着我们,使我们生活在痛苦中。一切盲目的挣扎与哀鸣都不会将它驱除,也不会使它感动,它将一步步蚕食我们的健康。

　　现代医学证明,70%的病人只要消除不良情绪的影响,疾病就会更容易治愈。难怪柏拉图曾经说:"人们所犯的最大错误是,他们想治疗身体,却不想医治思想。可精神与肉体是一致的,不能分开处置。"事实上,我们的健康更多地由我们的精神和思想决定。全美工业界医师协会公布过一项调查:大约35%的人因生活过度紧张而引起心脏病、消化系统疾病和高血压等。另据美国著名医学博士卡尔·费斯的研究,几乎所有的神经性消化不良、失眠、头痛及部分胃溃疡、胃麻痹症都与不良情绪有关。

　　自卑感是一种阻碍成功的无形的敌人,它使人丧失信心、感到不安和恐惧。自卑的心理就是促使一个人在人生道路上走下坡路,加速自身衰老的催化剂,因此,我们应该摒弃自卑心理。不妨试试从以下几个方面入手:

　　(1)关注他人。容易陷入自卑心理状态中的人,主要是缺乏集体情感。集体或群体的荣辱得失引不起他们的任何情绪波动,只有个人的成功失败才是他们关注的焦点。而现实是不尽如人意的,总有某些方面你是不如别人的,如果总是过分关注自我,期待自己事事都比别人强,那你总会发现自己的不足,会感到自卑。但当你将目光多投射到别人身上时,你会变得理智、客观、忘我,为集体的成功而欢笑,为他人的幸福而欣慰,那你的快乐就会成倍增加,你的自信也会增强,因为当你具备集体情感时,你会发现集体、他人的成功里也有你的努力。

　　(2)增强自信。凡事都应有必胜的信心,对自己的充分自信是消除自卑的最好方法,因为自信会使你获得更多的成功。但在自信心的基础上,要有符合自己实际情况的"抱负水平"，过低不利激发斗志，过高易遭受打击。自卑者应打破过去那种"因为我不行—所以我不去做—反正我不行"的消极思维方式，建立起"因为我不行—所以我要努力—最终我一定会行"的积极思维方式。要正确而理性地认识自己，以坚强的勇气和毅力面对困难，以自信来清扫自卑的瓦砾。

（3）扬长避短。金无足赤、人无完人，"寸有所长，尺有所短"，每个人都有自己的优点和弱势，要全面正确地评价自己，既不对自己的长处沾沾自喜，也不紧盯自己的短处而顾影自怜。要善于发现和挖掘自己的优势，以弥补自己的不足。

少一点自卑，多一点自尊，如果你真想摆脱自卑心理，不妨以勤补拙、扬长避短，用读名人传记，停止对自己的贬低等办法，使自己获得真正快乐的生活。

心灵悄悄话

正视自卑。要充分了解自己的自卑来源于何处，问问自己，如果这些因素立即消失，自己会不会感到幸福。这样做，有利于消除一些隐藏的模糊的概念。比如，有位女孩认为自己脸上有疤痕，因此工作一直不积极，情绪低落，但当疤痕祛除后，她仍然惶惑不安，无法面对接踵而来的如应该谈恋爱、需努力工作的事实。所以，她真正的自卑是躲藏在伤痕后面，是对自己能力的不自信。对付自卑，正如对付敌人，不能知己知波，也就不能战胜自卑。

紧张
——甲光向日金鳞开

第三篇　减压有助于消除紧张

现在是一个竞争激烈、充满压力的时代。学生有课业升学的压力；工人有下岗再就业的压力；公务员有优胜劣汰的压力；商家有市场竞争的压力；就连退了休的人也有压力，有孤独的压力，有疾病的压力。人们之所以会产生压力，是由于一个人的某些需要、欲求、愿望遇到障碍和干扰，从而引发出心理和精神的不良反应。压力如同"水可载舟，也可覆舟"一样，既有好的一面，也有坏的一面。如果能把压力变成动力，压力就是蜜糖；如果把压力憋在心里，让它无休止地折磨自己，那就是砒霜。

人人都有压力

人生路坎坷的时日有很多，升学、工作、晋级、成家哪一个环节都有可能不那么一帆风顺，大部分时间人在负重而行，领导同事的误会、工作上的摩擦、生活上的不如意都是令人难过的根源。这时候，人就得有负重而行的心理承受力，否则不够宽容，不够豁达，不会变通，最终会把自己逼入死角。

一个人觉得生活很沉重，便去见哲人，寻求解脱之法。

哲人给他一个篓子背在肩上，指着一条沙砾路说："你每走一步就捡一块石头扔进去，看看有什么感觉。"

过了一会儿，那人走到了头，哲人问有什么感觉。那人立刻领悟了生活越来越沉重的道理。当我们来到世界上时，我们每个人都背着一个空篓子，然而我们每走一步都要从这世界上捡一样东西放进去，所以才有了越走越累的感觉。

于是那人问："有什么办法可以减轻这种负担吗？"

哲人问他："那么你愿意把工作、爱情、家庭、友谊哪一样拿出来呢？"

那人不语。

负重而行当然是一种痛苦，但没有负重而行就不可能体会无重的轻松惬意，没有负重而行，也就无所谓责任，从而也就无所谓克难而竟的成就，当然也就不会体验到上坡之后那种如释重负的快感。没有负重的生命是不完整的生命，没有负过重的人生是不圆满的人生。

每个人都不知道未来怎样。但我们不应该想生活怎样，应该多想想怎样生活。还是维持平常心比较好，平淡的生活同样精彩。在平淡中品味出快乐才是真正的丰富。

人生苦短，何必要让自己在名利之中挣扎呢？攀比只会产生烦恼。怎样才是一个完整的家？不是豪华洋房,昂贵花苑,而是两个人共同建筑,共同守护的"城堡"! 我们这座城堡,牵着手才能找到,幸福是因为互相依靠。"城堡"的大小不在于它的实际面积,而在于两人心里的感觉。感情这个地基打得越牢固,日久你就越会感到它的"宏伟"。

压力是不可避免的,因此我们应该学会缓解压力,以下建议可供参考:

1. 要知道自己的目标

只要目标明确了,在行动上就不会发生动摇。人是需要精神支柱的,这个支柱是自己给自己树立的。有了这个心理上的强大动力,任何压力带来的疲惫和痛苦都是微不足道的。

2. 要会评估自己的能力

知道自己的能力,知道自己需要什么,能做到什么。无望的追求是空谈,每个人的理想都应该是脚踏实地的。

3. 要仔细分辨自己的欲望是不是合理

这个世界是有道德标准和行为准则的,随意突破规范是要付出代价的。假如你的欲望是不良的,是会给自己带来痛苦或给别人带来伤害的,应该果断摒弃,把这种黑色的欲望压力消灭于无形。

最后,解决压力要讲究方式方法,要给自己一个健康、美好的心态。这世界美丽纷繁,充满了阳光和温情。要懂得去欣赏、去接纳。

心灵悄悄话

一时的痛苦是过眼云烟,长久的快乐是成熟心态应得到的回报。不要迷失方向、不要为情所困、不要妄自菲薄、不要贪得无厌,好好把握自己手里的幸福,它们都是你自己的宝藏。

紧张——甲光向日金鳞开

学会给自己解压

把压力呼出去,把动力吸进来,必须改变态度。你如果面对无法摆脱的压力时,就应该反复地对自己说:"这是对我的挑战和考验。""这是催促我努力学习,积极工作,奋发向上的动力。"只要换个角度去思考,态度一改变,压力很快就能减轻。

有人提出以下解压方法,不妨拿来一试。

1. 激怒疗法

传说战国时代的齐王患了忧郁症,请宋国名医文挚来诊治。文挚详细诊断后对太子说:"齐王的病只有用激怒的方法来理疗才能治好,如果我激怒了齐王,他肯定要把我杀死的。"太子听了恳求道:"只要能治好父王的病,我和母后一定保证你的生命安全。"文挚推辞不过,只得应允。当即与齐王约好看病的时间,结果第一次文挚没有来,又约第二次,第二次没来,又约第三次,同样失约。齐王见文挚恭请不到,连续三次失约,非常恼怒,痛骂不止。过了几天文挚突然来了,连礼也不见,鞋也不脱,就上到齐王的床铺上问疾看病,并且用粗话激怒齐王,齐王实在忍耐不住了,便起身大骂文挚,一怒一骂,郁闷一泻,齐王的忧郁症也好了。可惜,太子和他的母后并没有保住他的性命,齐王还是把他杀了。但文挚根据中医情志治病的"怒胜思"的原则,采用激怒病人的治疗手段,却治好了齐王的忧郁症,给中国医案史上留下了一个心理疗法的典型范例。

2. 森田疗法

蔬菜大棚里,一位年轻病人正在指挥着大家热火朝天地运土、浇菜、施肥;健身房里,几个病人大汗淋漓地在跑步机、单杠上做运动。森田疗法是治疗神经症的最佳疗法。治疗要点是为所当为、寻找痛苦;为所怕为、忍受痛苦;有所不为,以顺应自然,超越自我,打破精神交互作用,消除症状。治疗分绝对卧床期、轻体力工作期、重体力工作期、生活训练期四个步骤。

3.艺术治疗法

音乐室里10多名病人伴着悠扬的乐声翩翩起舞；书画室挂满了病人自己创作的五颜六色的作品，病人们有的凝神运笔，有的挥毫泼墨；娱乐室中或三五成群地玩着麻将，或悠闲地读书看报。艺术行为治疗是将各种艺术治疗和行为治疗中的代币奖励治疗结合起来，治疗单纯药物治疗效果不佳的慢性精神病人，促进患者社会功能的康复。对神经症、心理障碍、药物依赖等神经疾病有较好疗效。包括应用操作性音乐治疗、书法治疗、阅读治疗等具体方法。病人每两周轮换一室，每天由各室心理治疗医师讲解当天治疗活动的内容和治疗作用，然后由每人实际操作，治疗结束前要进行评分，到月底根据每人得分情况兑换各种生活用品、文具、食品等，以鼓励病人继续治疗，直至达到出院标准。

心灵悄悄话

把压力呼出去，把动力吸进来，必须改变态度。你如果面对无法摆脱的压力时，就应该反复地对自己说："这是对我的挑战和考验。""这是催促我努力学习，积极工作，奋发向上的动力。"只要换个角度去思考，态度一改变，压力很快就能减轻。

紧张——甲光向日金鳞开

压力不等于压抑

在现代社会激烈的竞争之中，人们在工作和生活中面临着很大的压力，都会产生这样或那样的不良情绪。而每一个人在一生中都难免受到各种不良情绪的刺激和伤害。

但是，善于控制和调节情绪的人，能够在不良情绪产生时及时消释它、克服它，从而最大限度地减轻不良情绪的影响。有的时候，发泄一下不失为一个很不错的方法。

一天深夜，一个陌生女人打电话给李响说："我恨透了我的丈夫。"

"你打错电话了。"李响告诉她。她好像没有听见，滔滔不绝地说下去："我一天到晚照顾小孩，他还以为我在享福。有时候我想独自出去散散心，他都不肯；自己天天晚上出去，说是有应酬，谁会相信！"

"对不起。"李响打断她的话，"我不认识你。"

"你当然不认识我。"她说，"我也不认识你，现在我说了出来，舒服多了，谢谢你。"她挂断了电话。

不良情绪产生了该怎么办呢？一些人认为最好的办法就是克制自己的感情，不让不良情绪流露出来，做到"喜怒不形于色"。情绪的丰富性是人生的重要内容。

我们的生活，如果缺少丰富而生动的情绪，将会变得呆板而没有生气。如果大家都"喜怒不形于色"，没有好恶，没有喜怒哀乐，那么人就会变成会说话、有动作的机器人了。

人之所以不同于机器，有血有肉、富有感情是一个重要因素。富有感情，人与人之间才能展开交流，才有心灵的沟通。

因此，强行压抑自己的情绪，硬要做到"喜怒不形于色"，把自己弄得表情呆板,情绪漠然,不是感情的成熟,而是情绪的退化;不是正常人所应当有的,而是一种病态的表现。那些表面上看来似乎控制住了自己情绪的人,实际上是将情绪转入了内心。任何不良的情绪一经产生,就一定会寻找发泄的地方。当它受到外部压制,不能自由地宣泄时,便会在体内发泄,破坏自己的心理和精神,可能造成的危害会更大。因此,偶尔发泄一下也未尝不可。

心灵悄悄话

　　但是,善于控制和调节情绪的人,能够在不良情绪产生时及时消释它,克服它,从而最大限度地减轻不良情绪的影响。有的时候,发泄一下不失为一个很不错的方法。

紧张——甲光向日金鳞开

与蜗牛一起去散步

有人怨天尤人，有人感叹世事变迁，那低沉的话语中尽是对生活的厌恶，对人生的绝望，难道自己的生活就这样平庸吗？只要你能以平常心面对人生，进而发现生活中的美好，你的人生就有无尽的价值。

请听一个牧师在他的布道词里所讲的故事：

上帝给我一个任务，叫我牵一只蜗牛去散步。我不能走得太快，因为蜗牛虽然已经尽力爬，但是每次仍挪那么一点。我催促它，我吓唬它，我责备它。蜗牛用抱歉的眼光看着我，仿佛说："我已经尽了全力！"

我拉它，我扯它，我甚至想踢它，蜗牛受了伤，它流着汗，喘着气，往前爬。真奇怪，为什么上帝要我牵一只蜗牛去散步？"上帝啊！为什么？"天空一片安静。

唉！也许上帝抓蜗牛去了！好吧！松手吧！反正上帝不管了，我还管什么？

任蜗牛往前爬，我在后面生闷气。待放慢了脚步，静下心来……咦？忽然闻到了花香，原来这边有个花园。

我感到微风吹来，原来夜里的风这么温柔。还有！我听到鸟声，我听到虫鸣，我看到满天的星斗，多美。咦？以前怎么没有这些体会？

我这才想起来，莫非是我弄错了！原来上帝叫蜗牛牵我去散步。你找到你的蜗牛了吗？偶尔出去散散步吧！

漫步在幽深的小路上，呼吸着清新的空气，透过树荫，阳光在地上撒落无数碎石般的斑纹。微风拂过，扑面而来的是淡淡的花香，使人心旷神怡。仰天长望，白云掠过，几丝白云在轻轻地飘。哼一首无名的小曲，默念一首小诗。你感受到生活之美了吗？

在生命漫长的旅程中，我们会遭遇这样那样的挫折和困难，但也正是因此，生命变得更加丰富多彩。没有人希望自己的一生是在平淡无奇、庸庸碌碌中度过，那样似乎总觉得是枉来人间走一趟。那么，当挫折和困难要来点缀我们生命的时候，我们为何还要远避！

在你遭遇困难之际，一双双温暖的手会向你伸来；在你欢乐之际，一句句祝福会向你飘来；在你悲伤之际，安慰的话、贴心的话会抚慰你受伤的心……这都是你的幸福，这都是生活中的美啊！

生活本身是快乐的。何必因为一些事情而生气呢？遗忘它，放走它。用想象的方法，假设它是一只气球，被扎破后，慢慢缩小，"气"也随之飘到九霄云外。选择遗忘，一定能让自己感到舒服、放松。你的生活负担正在渐渐消失，你感受到了吗？

品味生活，在于抓住生活的空隙。一些不经意间发生的事情，往往会带来许多欢乐。

生活的意义，正如一杯清茶，越冲越香，越品越醇。谁都能体会到它的清苦，可只有细细品味，才能体会到其中的甘醇。

心灵悄悄话

一寸光阴一寸金，今天的每分每秒都值得珍惜。因此，品味你眼前的每一刻，尽你可能淋漓尽致地生活。偶尔的时候，不妨放慢前进的脚步，领着你的蜗牛去散散步，你就会领略很多在忙碌中曾经错过的美景。

紧张——甲光向日金鳞开

掌握节奏，张弛有度

有一位猎人看到一件有趣的事情。有一天，他偶然发现村里一位十分严肃的老人与一只小鸡在说话游戏。猎人好生奇怪，为什么一个生活严谨、不苟言笑的人会在没人时像一个小孩那样快乐呢？

他带着疑问去问老人，老人说："你为什么不把弓带在身边，并且时刻把弦扣上？"猎人说："天天把弦扣上，那么弦就失去弹性了。"老人便说："我和小鸡游戏，理由也是一样。"

生活也一样，每天总有干不完的事。但是，你有没有仔细想过，如果天天为工作疲于奔命，最终这些让我们焦头烂额的事情也会超过我们所能承受的极限。

尤其是当今社会，生活节奏不断加快，"时间"似乎对每个人都不再留情面。于是，超负荷的工作给人造成不可避免的疾患。

因为人们的生活起居没了规律，所以患职业病、情绪不稳、心理失衡甚至猝死等一系列情况时有发生，给人们生活、工作及心理上造成无形的压力。

这时，需要我们换一种心情，轻松一下，学会放下工作，试着做一些其他的运动，以偷得片刻休闲，消去心中烦闷。记得有一位网球运动员，每次比赛前别人都去好好睡一觉，然后去练球，他却一个人去打篮球。有人问他，为什么你不练网球？他说，打篮球让我没有丝毫压力，觉得十分愉快。对于他来说，换一种心态，换一种运动方式，就是最好的休闲。

你每天行色匆匆，为了生存、为了生活而奔波劳碌，你说根本没有时间。当今社会形势瞬息万变，随着生活节奏的加快，争时间、抢速度已成为市场经济这个大环境中的普遍现象。

作为80后的小义在一家知名外企工作,现在他怀疑自己得了健忘症。和客户约好了见面时间,可搁下电话就搞不清是10点还是10点半;说好一上班就给客户发传真,可一进办公室忙别的事就忘了,直到对方打电话来催……小义感觉自从半年前进入公司后,像陀螺一样不停地忙碌,让他越来越难以招架,快撑不住了。"那种繁忙和压力是原先无法想象的,每人都有各自的工作,没有谁可以帮你。我现在已经没什么下班、上班的概念了,常常加班到晚上10点,把自己搞得很累。有时想休假,可假期结束后还有那么多的活,而且因为休假,手头的工作会更多。"他无奈地向朋友诉苦。

其实,在实际工作当中,类似于小义这种情况时常发生,尤其是在外企拿高薪的工作人员。

据有关统计,在美国,有一半成年人的死因与压力有关;企业每年因压力遭受的损失达1500亿美元——员工缺勤及工作心不在焉而导致的效率低下。

在挪威,每年用于职业病治疗的费用达国民生产总值的10%。

在英国,每年由于压力造成1.8亿个劳动日的损失,企业中6%的缺勤是由与压力相关的不适引起的。

其实,我们都有时间,并且可以试着改变自己。当你下班赶着回家做家务时,你不妨提前一站下车,花半小时,慢慢步行,到公园里走走。或者什么都不做,什么也不想,就是看看身边的景色,放松一下自己的心情,肯定会有意想不到的效果。

去海滨、名山休假不是每个人都能办到的,但学会忙里偷闲,作片刻休息,则人人都能做到。

心灵悄悄话

其实,我们都有时间,并且可以试着改变自己。当你下班赶着回家做家务时,你不妨提前一站下车,花半小时,慢慢步行,到公园里走走。或者什么都不做,什么也不想,就是看看身边的景色,放松一下自己的心情,肯定会有意想不到的效果。

及时给自己减压

拉扎勒斯说，及时给自己减压，有效化解生活压力的关键在于对压力的积极评估。

对于一个人来说，压力是根本无法逃避的。人一进入社会，上帝便馈赠了人两份礼物——一份是生活，一份是压力。随着人的成长，工作、学习、竞争、婚姻、处世等各个方面的压力便如影随形。为了生存，我们不得不承受各种各样的压力。

曾在媒体上看到过这样一个故事：上海一位高中生由于学习的压力太大，致使厌学到了难以忍受的地步，他认为当工人最快乐，而且把目标锁定在码头装卸工上。面对儿子的选择，聪明的父亲并没有暴跳如雷。他同学校商榷，替儿子办了休学手续，又通过关系将他送到了码头工作。和这位年轻人所想象的一样，刚开始的头几天，令人心烦的学习压力消失了，为此，他很是快乐了一阵。

然而，新工作的压力很快不期而至，而且更让人不堪承受。两个月后的一天，他拖着疲惫的身躯回到家里，要求重新回到学校。他的老爸会心一笑，什么也没说，又给他办了复学手续。一段人生的波折，终于让年轻人恍然大悟：人间处处有压力。

做人压力大，做个成功人士压力更大，尤其是步入中年后，为人子、为人父、为人夫的角色地位，常常弄得许多男人不堪重负。

有人说，白领的生活压力很大，每个人体内都隐藏着一个计时炸弹，一触即"爆"。当压力无法疏解时，不能承受的人可能会在瞬间做出伤害自己或伤害他人的行为，更严重的会成为精神病患者。事实上，只要留意以往发生的悲剧，就不难发现当中有不少源头都是来自压力。

压力常常让人不知所措，它阻碍着我们前进的步伐，让我们不能轻松地生活，甚至让我们身心俱损。

大多数人均认为压力是负面的、具有伤害性的,但事实上,压力是属于中性的,并无所谓好与坏之分。若视之为积极的、正面的,就可作为生命中的"激素",促使个人成长。但若视为消极的、负面的,则会成为个人的"死敌",令人喘不过气来。

区别就在于此,有的人习惯于抱怨压力,在压力之下不堪重负,而有人却习惯于及时给自己减压。

某些休闲的好习惯有助于我们很好地排解压力。事实上,只要你掌握方法,减压是可以轻松做到的。

以暴减压

随身携带一个网球、小橡皮球或是什么别的,遇到压力过大需要宣泄的时候,就偷偷地挤一挤、捏一捏,这显然要比掐同事的脖子,在大家目瞪口呆之下歇斯底里地撕废纸、捶桌子要好得多。

法国也出现了一种新兴的行业: 运动消气中心。中心有专业教练指导,教人如何大喊大叫、扭毛巾、打枕头、捶沙发等,做一种运动量颇大的"减压消气操"。在这些运动中心,上下左右皆布满了海绵,任人摸爬滚打,纵横驰骋。

英国有专家建议,人们感到工作有压力,是源于他们对工作的责任感。此时他们需要的是鼓励,是打起精神。所以与其通过放松技巧来克服压力,倒不如激励自己去面对充满压力的情况,例如去看一场恐怖电影。

食物减压

一项最新医学研究发现,某些食物可以非常有效地减少压力。比如含有 DHA 的鱼油、鲑鱼、白鲔鱼、黑鲔鱼、鲐鱼是主要来源。此外,硒元素也能有效减压。金枪鱼、巴西栗和大蒜都富含硒。维生素 B 家族中的 B_2、B_5 和 B_6 也是减压好帮手,多吃谷物就能补充。工作的间隙,可以来一杯冰咖啡,能够很好地舒缓心情。在饮食上下功夫,可谓举手之劳。

工作减压

许多身居高位的经理,往往事必躬亲,凡事都要亲自把关。可一个人的精力是非常有限的,企业的方方面面不可能都兼顾,于是有管理的专家指出,信任下属和同事,适当放权才是避免"积虑成疾"的正道。

没下属可分担工作的人,工作安排一定要得当,可以列一个电子报表,每天更新,哪些是要交接的,哪些是正在做的活,哪些是必须马上送到客户手里的，一目了然。

睡眠减压

有了旺盛的精力，才能抵制住压力的侵袭。睡眠便是一个好方法。

及时减压的习惯，意味着你不仅要从心态上调整自己，更要找到有效减压的好方法。只要你善于学习，相信你很快就能找到适合自己的减压方法。

心灵悄悄话

有人说，白领的生活压力浪大，每个人体内都隐藏着一个定时炸弹，一触即"爆"。当压力无法疏解时，不能承受的人可能会在瞬间做出伤害自己或伤害他人的行为，更严重的会成为精神病患者。事实上，只要留意以注发生的悲剧，就不难发现当中有不少源头都是来自压力。

消除心理压力就是去除紧张

消除心理压力

　　我曾经听过一位"不会歌唱的女歌唱家"的故事。她在第一次正式登台表演前，认真地反复练唱，歌声婉转如夜莺，声音优美又动人，但是临到她在热烈的掌声中登上舞台的时候，面对听众的几百双注视的眼睛，由于情绪过度紧张，当钢琴伴奏的引曲弹完了，该她张嘴歌唱时，她竟然一句也唱不出来。

　　类似这样的事例，还有不少。比如，第一次讲课的年轻教师，本来把讲稿准备得"滚瓜烂熟"，可是当他正式讲课时，由于紧张，讲不出来，或者讲得丢三落四、前言不搭后语。他们在讲完这堂课后回忆说："我好像腾云驾雾一般，不知道自己都说了些什么。"

　　医治这样的心理失常，不需要什么手术或者药物，靠积极的自我暗示就可以。如果在心理上坚信自己"我经过了刻苦的练习，完全有把握可以像平日那样"，在头脑中浮现出自己唱成功、讲成功时候的情景来，你就会从紧张的心理状态束缚中解脱出来，充满信心地唱下去、讲下去。相反地，如果你的自我暗示是消极性的，总是胆战心惊地想着"错过了这次机会，我就一切都完蛋了！"或者"不行，这次准不灵，没戏了！"那你准会"砸锅"、以失败而告终。因而迈出紧张泥潭的第一步，就是要有信心，要相信自己的力量。

　　成功和信心关系至深，无论是考试或者表演，都是按照记忆（计算之类的思维性记忆、游泳之类的运动性记忆都包括在内）规律办事的。你要相信你自己的记忆和熟练动作。如果你按照记忆规律办事，已经记住了某些材料、动作的时候，却还在嘀嘀咕咕，信心不足，那么这种心理上的重担必将大大损害你的记忆的再现能力。因此，每个人都应该充分相信记忆的自然定律，相信自然定律绝不会失信于你。信心对于考试、体育比赛等激烈的争夺尤其重要，这就是心理学上讲的临场时的精神上的竞技状态。

获得 1976 年奥运会十项全能金牌奖的运动员詹纳，在被记者询问他获奖后的体会心得时，他讲了这样一段话："奥林匹克水平的比赛，对运动员来说，20% 是身体方面的竞技，80% 是心理上的挑战。"詹纳讲的百分比，只是一种约略的估计，不一定有什么科学测验的依据，不必过分认真地计较；可是他强调在激烈的竞赛争夺中，运动员的不同心理状态，远比差不多同样的技术水平更为重要这点，我认为是很中肯的。而且，我们还可以把詹纳的心得体会扩展到工作、学习、生活的一切领域里去，也就是说，无论干什么事情，如果你想取得成功，那就必须首先保持心理上的健康水平。

在现实生活里，有很多人就是战胜了"心理上的挑战"后取得大成功的。你还记得中国女排 1982 年 9 月 25 日，在秘鲁的利马市阿毛塔体育馆，以击败南美劲旅、东道国秘鲁队那场惊险的比赛报道吗？"秘鲁队昨天击败美国队后，利马市一片欢腾，今天阿毛塔体育馆座无虚设，观众为秘鲁女队欢呼打气，场内喊声震天。中国队面临这一特定形势，情绪稳定，信心十足，经受了一次严峻考验。""在震耳欲聋的呐喊和喇叭助威声中，她们同样表现了沉着冷静，应付困局的精神……"中国女排排除了激烈的心理干扰，消除了紧张的心理压力，终于夺得第九届世界女排锦标赛冠军。

消除紧张靠信心，而"信心"又靠什么呢？我想有两点值得注意：

（1）防止过重的心理压力，也就是通常所说的不要思想负担太重。当然，"过重"的界限不好统一规定，对你来讲可能是"过重"，对他来讲不一定是"过重"。一般所谓"过重"，是指对某一个特定的、具体的个人来说，超越了他（她）心理上可以负担的重量。正像不要"强人之所难"那样，也不要强己之所难。过犹不及，一件任务如若超过了自己的能力，或者相反地对自己的能力来讲微不足道，那就会收不到好的效果，就会失去学习或进取的兴趣和信心。如让诸葛亮去和张飞比举重，诸葛亮会说"真要命"！张飞则会说"真没劲"！

由此可见，理想的心理压力界限应是：既不要过重，也不要过轻，经过一定的努力可以完成工作任务时所应付出的心理力量（俗称"心力"）。这样做可以巩固信心、增强信心，然后再循序渐进地增加心理压力，使心理压力的重量逐步增大。

（2）把信心建立在熟练基础上。信心不是单凭默念"下定决心"所能得到的，它靠平日的流汗以至流血的苦练。运动健将、艺术大师、表演名家，伟大的思想家，发明家、文学家，以及各行各业的专家、学者的成功，都凝聚着他们平日辛勤努力的汗水。

美国哈佛大学的精神病专家乔治·E.维兰特博士，用了将近40年的时间，对200多人的情况做了追踪的调查研究，他把他的研究结果写成报告，发表在1979年出版的《新英格兰医学杂志》上。他在报告中指出：**一个人若是能够应付日常生活中的紧张，就可以有助于保持身体健康。长大后适应能力差的年轻人，得重病或者中年夭折的机会，比长大以后适应能力好的年轻人要大得多。**

另外，维兰特又制订了一份调查表，根据一个人在事业上是否有成就，婚姻是否美满，每年度假几次等项因素，来评定一个人的"成年适应能力"。维兰特让40年代初期在哈佛大学上过学的204名男生，填写了这份调查表。结果表明：凡是那些能够妥善处理日常紧张事务的人，当他们活到54岁时，身体仍然健康；而那些处在紧张状态下，觉得精神上压力很大的人，他们的衰老程度就要比前者快得多。204名男生当中，在21岁到46岁这段时期，精神最舒畅的有59人，其中只有两个人得了慢性病（慢性心脏病），或在53岁时死去（心脏病发作）；有48人精神压力最大，其中18人得了重病或在53岁前死去（分别患有心脏病、癌症、肺气肿、高血压以及背部有毛病和外伤史等，个别人自杀）。

心灵悄悄话

维兰特由此得出一条规律性的认识：不能适应紧张状态的危害程度，也许大于精神紧张对人们的危害。照维兰特的研究结论来说，不怕精神紧张，就怕不能适应精神紧张。至于怎样才能很好地适应精神紧张，我在这本小书的有关部分里，都程度不同地涉及了，请朋友们留心翻阅琢磨。

第四篇　不紧张来源于自信

　　人生需要目标,有目标才有奋斗,有奋斗才有充实感。要充实必定要自信。人生并非是一帆风顺,永无波浪起伏,它是一条充满艰辛坎坷、曲折,充满挑战,充满挫折的旅途。一个人的生命是唯一的,也是庄严的,这个唯一的生命,你让它辉煌还是黯淡?既然是一次偶然来世走一遭,看花开花落,日出日落,尝试人情冷暖,人间风险,那么年轻的心境只有用实际行动来证明自己的生命是辉煌的。人不能失去自信,否则生活的重担就无法挑起,前进的路上就会寸步难行,心中的希望就会黯淡无光。

建立自信的方法

有位哲人说过："一个人，从充满自信的那刻起，上帝就在伸出无形的手在帮助他。"这个世界有上帝吗？有，上帝就是你的自信心！老子说："江海所以能成百谷王者，以其善下之，故能为百谷王。"百川之所以汇集成江海，因为它善处下游地位，所以能成为百川之王。这正是老子对谦虚作用的写照。谦虚是什么？谦虚是自信的一种表现！

自信正是一种美妙的生活态度，当我们一事无成时，我们会怀疑自己的能力，被自卑感所打倒，于是我们觉得生活痛苦、黯淡无光；我们建立了自信，思想上也变得乐观、豁达，从而我们的生活也随之变得美好了。所以只要我们有自信心，它就会激发我们的生命力量，这种力量如同火，可以焚烧困难，照亮智慧。人不能失去自信，否则生活的重担就无法挑起，前进的路上就会寸步难行，心中的希望就会黯淡无光。

自信对我们的生活非常重要，我们的事业、我们的学习、我们的生活、我们的工作，不管是哪一个领域都是无比重要的。自信给人以力量，给人以快乐。我们生活的每一天，我们前进的每一步，都是在帮助别人又被别人帮助，服务于别人又在被别人服务的过程中度过的，正是有了自信，人们才充满了睿智，你和我的心中才升腾起无尽的希望。

那么，当我们缺乏自信时应该怎么办呢？下面为大家介绍几种建立自信的方法，帮助你重组自己的信心！

学会进入别人的视线

你是否注意到，无论在教学或教室的各种聚会中，后排的座位是怎么先被坐满的吗？大部分占据后排座的人，都希望自己不会"太显眼"。而他们怕受人注目的原因就是缺乏信心。坐在前面能建立信心。把它当作一个规则试试看，从现在开始就尽量往前坐。当然，坐前面会比较显眼，但要记住，有关成功的一切都是显眼的。

51

学会正视别人

一个人的眼神可以透露出许多有关他的信息。某人不正视你的时候，你会直觉地问自己："你想要隐藏什么呢？他怕什么呢？他会对我不利吗？"

不正视别人通常意味着：在你旁边我感到很自卑；我感到不如你；我怕你。躲避别人的眼神意味着：我有罪恶感；我做了或想到什么我不希望你知道的事；我怕一接触你的眼神，你就会看穿我。这都是一些不好的信息。

正视别人等于告诉你：我很诚实，而且光明正大。我相信我告诉你的话是真的，毫不心虚。

学会当众发言

在会议中沉默寡言的人都认为："我的意见可能没有价值，如果说出来，别人可能会觉得很愚蠢，我最好什么也不说。而且，其他人可能都比我懂得多，我并不想让你们知道我是这么无知。"这些人常常会对自己许下很迷茫的诺言："等下一次再发言。"可是他们很清楚自己是无法实现这个诺言的。每次这些沉默寡言的人不发言时，他就又中了一次缺少信心的毒素了，他会越来越丧失自信。从积极的角度来看，如果尽量发言，就会增加信心，下次也更容易发言。所以，要多发言，这是信心的"维生素"。

不论是参加什么性质的会议，每次都要主动发言，也许是评论，也许是建议或提问题，都不要有例外。而且，不要最后才发言。要做破冰船，第一个打破沉默，也不要担心你会显得很愚蠢。不会的。因为总会有人同意你的见解。所以不要再对自己说："我怀疑我是否敢说出来。"用心获得会议主席的注意，好让你有机会发言。

运用肯定的语气

有些女人面对着镜子，当她看到自己的形影或肤色时，忍不住产生某种幸福的感受。相反地，有些女人却被自卑感所困扰。虽然彼此的肤色都很相像，但自信的女人会以为："我的皮肤呈小麦色，几乎可跟黑发相媲美。"而她内心一定暗喜不已。可是，一个缺乏自信的女人却因此痛苦不堪地呻吟起来："怎么搞的，我的肤色这么黑。"两种人的心情完全不同。有的女人看见镜子就丧失信心，甚至在一气之下，把镜子摔破。由此可见，价值判断的标准是非常主观而又含糊的。只要认为漂亮，看起来就觉得很漂亮，如果认为讨厌，看来看去都觉得不顺眼。尤其，关于自卑感的情况，也常常会受到语言的影响，所以说，否定意味的语言，对于一个人的心理健康有百害而无一利。

抬头挺胸走快一点

心理学家将懒散的姿势、缓慢的步伐跟对自己、对工作以及对别人的不愉快的感受联系在一起。但是心理学家也告诉我们,借着改变行走的姿势与步伐的速度,可以改变心理状态。你若仔细观察就会发现,身体的动作是心灵活动的结果。那些遭受打击、被排斥的人,走路都拖拖拉拉,完全没有自信心。

抬头挺胸走快一点,你就会感到自信心在增长。

学会坦白

内观法是研究心理学的主要方法之一,这是实验心理学之祖威廉·华特所提出的观点。此法就是很冷静地观察自己内心的情况,而后毫无隐瞒地抖出观察结果。如能模仿这种方法,把时时刻刻都在变化的心理秘密,毫不隐瞒地用言语表达出来,那么就没有产生烦恼的余力了。例如,初次到某一个陌生的地方,内心难免会疑惧万分,这时候,不妨将此不安的情绪,清楚地用语言表达出来:"我几乎愣住了,我的心忐忑地跳个不停,甚至两眼也发黑,舌尖凝固,喉咙干渴得不能说话。"这样一来,不但可将内心的紧张驱除殆尽,而且也能使心情得到意外的平静。不妨再举一个很实在的例子。有一个业绩位居美国前 5 名的推销员,当他还不熟悉这行工作时,有一次,他竟独自会见美国的汽车大王。结果,他真是胆怯得很。在情不自禁之下,他只好老实地说出来了:"很惭愧,我刚看见你时,我害怕得连话也说不出来。"结果,这样反而驱除了恐惧感,这要归功于坦白的效果。

做自己能做的事

做自己做得到的事时,个性会显现出来。重要的是,与其极欲恢复自我的形象,不如找出现在可以做的事。知道应该做的事,然后加以实行,就可以从自我的形象中获得解放。总之,要试着记下马上可以做的事,然后加以实践,没有必要非是伟大、不平凡的行动,只要是自己能力所及的事就足够了。因为我们就是想一步登天,所以才找不到事做。

一个健全的灵魂,会向往自己能够做到的事。心智发育未成熟的人,会不断采取非常强烈的自我中心的态度。这种表现型,以自我中心的人一旦订立目标,一定是立刻吸引众人注意的那个目标,然后,因为执着于那个目标,而迷失了此时此地自己应该做的事到了最后就是独来独去,标新立异。

年轻时候喜欢标新立异的人，老了以后往往抑郁度日，就是这个缘故。年轻时无法克服自我表现、自我中心的个性，到上了年纪，就成了忧郁症。

自信培养自信

缺乏自信时更应该做些充满自信的举动。缺乏自信时，与其对自己说没有自信，不如告诉自己是很有自信的。为了克服消极、否定的态度，我们应该试着采取积极、肯定的态度。如果自认为不行，身边的事也抛下不管，情况就会渐渐变得如自己所想的一样。电话交谈时，如果用有笑容的声音说话，对方听了舒服，自己也觉得快意。苦着一张脸或者冷言冷语的，不仅会让对方不舒服，自己也会不痛快。用言语冲撞对方时，就是用言语在冲撞自己，自己对对方的态度同时也是对自己的态度。我们应该像砌砖块一样一块一块砌起来，堆砌我们对人生积极、肯定的态度。即使不能喜欢所有的人，也应该努力多喜欢一个人也好，喜欢一个人，相对地，也会喜欢自己，然后，也会克服对他人不必要的恐惧。因为，自信会培养自信。一次小成就会为我们带来自信。如果一下就想做伟大、不平凡的事，就会越来越没有自信。

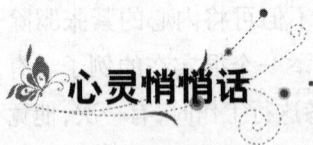

心灵悄悄话

自信正是一种美妙的生活态度，当我们一事无成时，我们会怀疑自己的能力，被自卑感所打倒，于是我们觉得生活痛苦、黯淡无光；我们建立了自信，思想上也变得乐观、豁达，从而我们的生活也随之变得美好了。所以只要我们有自信心，它就会激发我们的生命力量，这种力量如同火，可以焚烧困难，照亮智慧。人不能失去自信，否则生活的重担就无法挑起，前进的路上就会寸步难行，心中的希望就会黯淡无光。

紧张——甲光向日金鳞开

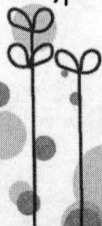

自信能让你超常发挥

自信带来出人意外的结果

　　毫无疑问,自信还能够让我们在人生的竞技场上发挥出最高的水平,反之,因为缺乏自信常常让很多优秀的人在关键的时刻迷失了自我。我国古代有一个列子学射的故事,颇能引人深思。

　　列御寇是古代一位射箭能手,他箭术高超,传说他的箭法百发百中,非常精确,在当时无人能及。

　　伯昏无人也听说列御寇是位射箭高手,但他并未亲眼见过,也不知道列御寇除了是位射箭高手之外有无别的过人之处。于是为了了解列御寇其人,有一天,伯昏无人就邀请列御寇来他的练箭场表演箭术,同时邀请了很多当时很有威望的人一同参加。

　　列御寇如期而至,寒暄一番之后,在座的客人都要求列御寇表演他高超的箭术,伯昏无人也对列御寇说道:"今天大家来都是想欣赏你的箭术的,你就露两手吧。"

　　于是列御寇换了身装束,拿出弓箭。他先表演了百步射靶,果然每一箭都正中靶心,非常精确。在座的客人都非常敬佩,纷纷拍手称好,但伯昏无人并未表示什么。

　　列御寇为了显示自己射箭不但精准而且稳如泰山,于是吩咐手下取了一满碗水,大家都在疑惑是否列御寇口渴要喝水时,他又拉满了弓,然后让人把碗放在自己的手腕上开始射箭。射完一箭又一箭,每次箭头都射进了靶心，由于射得多了，以至于箭在靶上竟然重叠了起来，一支箭射出时，另一支箭又放在了弓弦上。这时的列御寇却丝毫未动，面无表情，专心一致地射箭，远远看去就好像一座雕塑一样。再看他手腕上碗中的水，竟一滴都没有洒出来。看到这里，在场的人先是目瞪口呆，紧接着就是一片欢呼，叫好声不断。

本以为伯昏无人会大加赞扬，谁知他却说道："你的表演非常精彩，这一点我非常敬佩。但你这只是在平常状态下射箭的箭法，我们大家并不能从中看出你的真本领。"列御寇心有不服地反驳道："那么什么状态下才能显示出真正的本领呢？"伯昏无人笑笑说："很简单，我们不在这里射箭了，我们去最高的山峰，走过悬崖峭壁，面对着百仞深渊，在那种状态下，如果你还能射得准的话，那才是真本事啊！"列御寇同意了。

于是，一行人来到了高山，途中一些客人因害怕劳累回去了。当他们走过悬崖峭壁时又有一些人畏高而退却了。再往前走时，除了伯昏无人和列御寇之外，已经没有几个客人了。终于临近了百仞深渊，这时列御寇拉弓就要射，伯昏无人说道："不要着急，我们还没到。"跟着来的几位客人都远远地站在后面不敢往前一步，而列御寇虽说跟着伯昏无人临近深渊，但其实也已非常勉强了。

再看伯昏无人，只见他从容不迫地背对着百仞深渊倒退着一步一步地走了过去，每走一步都是那么坚定和自信，从不回头看一眼，直到自己的脚跟已经快悬空于悬崖外时，他向列御寇招手示意他往前走，并说这里才是射箭的地方。而此时的列御寇全然没有练箭场上的威风和镇定了，他已经吓得站不住了，匍匐在地上，汗水从头顶直流到脚跟，而且再也不敢朝悬崖这边多看一眼了。

于是，伯昏无人走了回来说道："最高超的人，能够上窥青天，下潜黄泉，奔到极远的地方而神色不变。现在你恐惧之情表露在眼目之间，可见你的内心实在是不坚强啊！"

列御寇虽有精湛的射技，但在临危之时因为缺乏足够的自信却不能发挥正常水平了。

看来任何高超技艺的发挥，都不单纯依靠技巧的娴熟与高明，还要看当时外界环境的影响。**当外界环境发生变化时，除高超的技巧外，优良的心理**

素质,足够的自信就起着十分重要的作用。人们除了掌握精湛的技艺外,还必须具备临危不惧的气魄和坚定的自信心,只有这样才能在任何情况下都发挥最高的水平。

当然,我们也可以从中悟出这样一个道理:人们任何时候都要记住,只有自信才能够让我们拯救自己。自信的力量是巨大的。

心理学中有这样一个著名的实验:一个女孩长相很丑,因此对自己缺乏自信心,不爱打扮,整天邋邋遢遢,做事也不求上进。心理学家为了改变她的心理状态,让大家每天都对这个女孩说"你真漂亮""你真能干""今天表现不错"等赞扬性的话语。经过一段时间的努力,人们惊奇地发现,女孩真的变漂亮了。

其实,她的长相并没有变,而是精神状态发生了变化。她不再邋遢了,变得爱打扮、做事积极、爱表现自己了。怎么会发生这么大的变化? 其根源正在于自信心。因为女孩对自己有了自信,所以使大家觉得她比以前漂亮了许多。

可见,自信心就像能力的催化剂一样,它可以将人的一切潜能都调动起来,将各部分的功能推进到最佳状态。在许多成功者的身上,我们都可以看到超凡的自信心所起到的巨大作用。这些事业取得成功的人,在自信心的驱动下,敢于对自己提出更高的要求,并在失败的时候看到希望,最终获得成功。

林肯认为:"一个人决定实现某种幸福,他就一定会得到这种幸福。"也就是说:成功的条件只需要有一个,你就注定有成功的希望,它就是:你希望成功,并始终相信自己会成功,永远都不停止努力!

一个充满自信心的人之所以与众不同,就在于他能够自我加油。复杂的处境之中和胜负未卜之前,有积极的自我意识、明确的价值观念和良好的自我状态,就在于他能有意识地追求和表现人格的魅力以及令人折服的坚定自信。

因此说,自信心对一个人一生的发展所起的作用是无法估量的,无论在智力上还是体力上,或是做事的各种能力上,自信心的作用都是巨大的。

信念是你在奋斗目标和理想坚定不移的基础上不断实现的意识倾向。

它是一种建立在认识和情感之上的思想意识。一个人要有坚定的信念,这样,你就能认识到客观事物的发展规律,了解社会的发展进程,并把自己的行动纳入理想之中,不断地提高自己,当出现干扰与阻力时,你也可以凭着信念坚定信心,坚信自己的人生准则,并且竭尽全力地实现自己的理想,持之以恒,不懈奋斗,直到获得成功。

心灵悄悄话

可见,自信心就像能力的催化剂一样,它可以将人的一切潜能都调动起来,将各部分的功能推进到最佳状态。在许多成功者的身上,我们都可以看到超凡的自信心所起到的巨大作用。这些事业取得成功的人,在自信心的驱动下,敢于对自己提出更高的要求,并在失败的时候看到希望,最终获得成功。

有自信敢上九天揽月

自信加强执行力

拿破仑宣称："在我的字典中,没有不可能的字眼。"这是何等豪迈的自信。拥有这种自信,会使人"敢上九天揽月,敢下五洋捉鳖"。古往今来,每一个伟大的人物在其生活和事业的旅途中,无不是以坚强的自信为先导。一个平凡的人,如果他有非常顽强的自信心,那他一定可以干出一番惊天动地的业绩。

清华大学的一位教授说:"坚强的自信,乃是成功的无尽源泉。一个人所能取得的成就,不可能超出他的自信所达到的高度。"无论才能如何,天赋怎样,顽强的自信都是成功的源泉。相信自己就一定可以做到,事实上也确实能做到。因为只有人在对自己感觉很好的时候,他才会表现得很好,接下来,好的表现又会增强他的自我肯定,就像滚雪球一样。

自信是我们对自己所做的一种积极评价。自信心不强的人往往容易失去目标,陷入沮丧和挫折。自我感觉越好的人往往会做得越好。他们会不断激励自己,设定长期目标。他们敢于冒险,更重要的是,他们总是胜利者。

清华机电系的宋阳同学讲过一个发生在他小时候,却改变他一生命运的事。他上小学的时候,每天放学回家后都得要帮助爸爸放羊。因为家里生活困难,人口又多,爸爸打算让他读完小学就回家务农,毕竟这样可以减轻家里沉重的经济负担。

一年年过去了,家里的羊渐渐增多了,达到了100只。原来的羊圈显得有些小了,爸爸决定建造一个新的羊圈。他用尺量出了一块长方形的土地,长40米,宽15米,他一算,面积正好是600平方米,平均每一只羊占地6平方米。正打算动工的时候,他发现他的材料只够围100米的篱笆,不够用。若要围成长40米,宽15米的羊圈,其周长将是110米,父亲感到很为难,若要按原计划建造,就要再添10米长的材料;要是缩小面积,每只羊占的面积就会小于6平方米。

这时宋阳对父亲说,不用缩小羊圈,也不用担心每只羊的面积会小于原来的计划。他有办法。父亲不相信小宋阳会有办法,听了没有理他。小宋阳急了,大声说,只要稍稍移动一下羊圈的桩子就行了。

父亲听了直摇头,心想:"世界上哪有这样便宜的事情?"但是,小宋阳却坚持说,他一定能做到两全其美。父亲终于同意让儿子试试看。

小宋阳见父亲同意了,站起身来,跑到准备动工的羊圈旁。他以一个木桩为中心,将原来的40米边长截短,缩短到25米。父亲着急了,说:"那怎么成呢? 那怎么成呢? 这个羊圈太小了,太小了。"小宋阳也不回答,跑到另一条边上,将原来15米的边长延长,又增加了10米,变成了25米。经这样一改,原来计划中的羊圈变成了一个25米边长的正方形。然后,小宋阳很自信地对爸爸说:"现在,篱笆也够了,面积也够了。"

父亲照着小宋阳设计的羊圈扎上了篱笆,100米长的篱笆真的够了,不多不少,全部用光。面积也足够了,而且还稍稍大了一些。

父亲心里感到非常高兴。孩子比自己聪明,会动脑筋,将来一定大有出息。于是父亲放弃了让他辍学的打算,因为他亲眼看到了知识的力量。

最后宋阳说:"如果当初不是对自己的想法有自信,如果当初自己不那么坚持自己的想法,我现在就不可能在清华大学里求学,而是会像大多数农村长大的孩子一样,成为一个地地道道的、父辈式的农民。"

我始终记得威尔逊的那句名言:要有自信,然后全力以赴。

事实证明,假如具有这种观念,任何事情十之八九都能成功。的确,人有时候是十分软弱的,一件事情还没做,便去考虑失败后的结果,这样,必然会在精神上增加不必要的负担,导致内在潜能得不到充分的调动与发挥,从而在困难面前畏首畏尾,甚至造成自我封闭、自我压抑,最后导致心理失衡。

要避免与摆脱这种心理上的失衡,就必须时时表现出一种强者的风范,

紧张——甲光向日金鳞开

敢于面对困难与挫折,并始终怀着必胜的信念去克服、战胜困难,坚定不移地朝着成功的目标迈进。

心灵悄悄话

世界著名科学博士贝尔曾经说过这么一段至理名言:"想着成功,看看成功,心中便有一股力量催促你迈向期望的目标,当水到渠成的时候,你就可以支配环境了!"的确,时刻想着成功,你自然会全力以赴,直到成功为止。

成功者必自信

自信是成功的保证

美国哲学家爱默生曾经说过："自信是导向成功的第一要诀。"一个充满自信心的人，处世乐观进取。一个人如果缺乏自信，那么他表现出来的就是不敢尝试新鲜事物，凡事依赖，犹豫不决。

自信是根魔棒，一旦你真正建立了自信，你将发现整个人都会改观，气质会更优秀，能力会更强。自信是一种生命力，它的力量可以战胜一切。自信是我们处处碰壁后柳暗花明的发现。只有自信的人才能懂得向前走永远是起点，后退或站立不前永远是终点。自信是从事大事业所必须具备的素质。自信是一种感觉，有了这种感觉，人们才能怀着坚定的信心和希望，开始伟大而又光荣的事业。

也有人曾经这样说过，决定我们成功的不是我们手上所拥有的条件，而在于我们想要成功的决心。换句话说，就是你无法控制在你以前发生的事情，但是，你完全可以控制着你对它的反应。

你怎样反应，从很大程度上显示了你掌握生命之船的能力。你可以被失败的巨浪所淹没，你可以像冲浪运动员那样激流勇进，借助浪涛的冲击力向前驰骋而成为时代的"弄潮儿"。所以，失败仅仅是人生长途中一个小小的"点"，如果你停留在这一"点"上害怕继续向前，那么你就是一个失败者。如果你仅仅把它当作前进途中的一个阶段，是一次更上一层楼的机会，那么你肯定会跨越这失败的障碍，大步向前。

紧张——甲光向日金鳞开

乔诺·吉拉德，美国有史以来最著名的销售大王。他出生在美国的一个贫民窟，比人们想象中的还要贫困，在很小的时候，他上街去擦皮鞋补贴家用，最后连高中都没有念完就辍学了。他的父亲总是说他根本不可能成才。父亲的打击一度让他失去自信，甚至有一段时间，他连说话都会变得结结巴巴。幸运的是，他有一个伟大的母亲。是她常常告诉乔诺·吉拉德："乔，你应该去证明给你爸爸看，你应该向所有人证明，你能够成为一个了不起的人。你要相信这一点：人都是一样的，机会在每个人面前。你不能消沉、不能气馁。"母亲的鼓励重新坚定了他的信心，燃起了他想要获得成功的欲望，他变成一个自信的人！从此，一个不被看好，而且背了一身债务几乎走投无路的人，竟然在短短3年内被吉尼斯世界纪录称为"世界上最伟大的推销员"。而且至今还保持着销售昂贵商品的空前纪录——平均每天卖6辆汽车！一直被欧美商界当成"能向任何人推销出任何产品"的传奇式人物。我们能够从他那传奇式的人生中看到：人生需要自信！而从被誉为日本推销之神的原一平的成长生涯中，我们也一样能够看到：人生需要自信。原一平长得身材矮小，25岁当实习推销员时，身高仅1.45米，又小又瘦，横看竖看，实在缺乏吸引力，可以说是先天不足。然而，这一切并没有打垮原一平，相反，愈挫愈勇的他，内心时刻燃着一把"永不服输"的火焰，凭着"我不服输，永远不服输""原一平是举世无双，独一无二的"的超自信自强心态，用泪水和汗水造就了一个又一个的推销神话，最终成为日本保险推销第一人。

自信，可以说是英雄人物诞生的孵化器，一个个略带征服性的自信造就了一批批传奇式人物。然而，自信不仅造就英雄，也成为平常人人生的必需，缺乏自信的人生，我相信必是不完整的人生。我自己也有深刻体会。

心灵悄悄话

因为我的心灵有一种信念在支撑着我，那就是成功、我要成功，所以，我的人生之路一直走得很好。这一切的结果，决定于我自己坚定的信心，坚韧不拔的意志。朋友们，请记住：一定要充满自信，因为人生需要自信，自信让人成功。

有效消除紧张心理，从根本上来说是要降低对自己的要求。一个人如果十分争强好胜，事事都力求完美，事事都要争先，自然就会经常感觉到时间紧迫。

如果能够认清自己能力和精力的限制，放低对于自己的要求，凡事从长远和整体考虑。要学会调整节奏，有劳有逸。在日常生活中要注意调整好节奏。工作学习时要思想集中，玩时要痛快。要保证充足的睡眠时间，适当安排一些文娱、体育活动。做到有张有弛，劳逸结合。

尝试心理调适

当今世界是一个竞争激烈、快节奏、高效率的社会，这就不可避免地给人带来许多紧张和压力。精神紧张一般分为弱的、适度的和加强的三种。人们需要适度的精神紧张，因为这是人们解决问题的必要条件。但是，过度的精神紧张，却不利于问题的解决。从生理心理学的角度来看，人若长期、反复地处于超生理强度的紧张状态中，就容易急躁、激动、恼怒，严重者会导致大脑神经功能紊乱，有损于身体健康。因此，要克服紧张的心理，设法把自己从紧张的情绪中解脱出来。

有效消除紧张心理，从根本上来说：一是要降低对自己的要求。一个人如果十分争强好胜，事事都力求完美，事事都要争先，自然就会经常感觉到时间紧迫，匆匆忙忙（心理学家称为"A 型性格"）。而如果能够认清自己能力和精力的限制，放低对自己的要求，凡事从长远和整体考虑，不过分在乎一时一地的得失，不过分在乎别人对自己的看法和评价，自然就会使心境松弛一些。二是要学会调整节奏，有劳有逸。在日常生活中要注意调整好节奏。工作学习时要思想集中，玩时要痛快。要保证充足的睡眠时间，适当安排一些文娱、体育活动。做到有张有弛，劳逸结合。

当一个人已经出现紧张的情绪反应时，该怎么调适呢？对于这种情况，人们习惯上常常会劝慰当事人："别紧张！""有什么大不了的！"而当事人自己也通常会这样告诫自己："别紧张！""有什么了不起的！"然而，十分不幸的是，这种办法几乎是没有效果的，实际上这会使人感到更加不安。因为这是在和自己过不去，在给你制造更大的紧张。正如有句话所说的"情绪如潮，越堵越高。"

当紧张的情绪反应已经出现时，有效的调适方法有以下几种：

坦然面对和接受自己的紧张

你应该想到自己的紧张是正常的，很多人在某种情境下可能比你更紧张。不要与这种不安的情绪对抗,而是体验它、接受它。要训练自己像局外人一样观察自己的害怕心理,注意不要陷入到里边去,不要让这种情绪完全控制住你:"如果我感到紧张,那我确实就是紧张,但是我不能因为紧张而无所作为。"此刻你甚至可以选择和你的紧张心理对话,问自己为什么这样紧张,自己所担心的最坏的结果可能是怎样的,这样你就做到了正视并接受这种紧张的情绪,坦然从容地应对,有条不紊地做自己的该做的事情。

做一些放松身心的活动

具体做法是:①选择一个空气清新,四周安静,光线柔和,不受打扰,可活动自如的地方,取一个自我感觉比较舒适的姿势,站、坐或躺下。②活动一下身体的一些大关节和肌肉,做的时候速度要均匀缓慢,动作不需要有一定的格式,只要感到关节放开,肌肉松弛就行了。③做深呼吸,慢慢吸气然后慢慢呼出,每当呼出的时候在心中默念"放松"。④将注意力集中到一些日常物品上。比如,看着一朵花、一点烛光或任何一件柔和美好的东西,细心观察它的细微之处。点燃一些香料,微微吸它散发的芳香。⑤闭上眼睛,着意去想象一些恬静美好的景物,如蓝色的海水、金黄色的沙滩、朵朵白云、高山流水等。⑥做一些与当前具体事项无关的自己比较喜爱的活动。比如游泳、洗热水澡、逛街购物、听音乐、看电视等。

心理学家认为,紧张是一种有效的反应方式,是应付外界刺激和困难的一种准备。有了这种准备,便可产生应付瞬息万变的力量。因此,紧张并不全是坏事。然而,持续的紧张状态,则能严重扰乱机体内部的平衡,并导致疾病。所以我们应该学会自我消除紧张状态。

松弛训练

在紧张的工作、学习之余,可以从事各种娱乐活动,调节自己的生活,松弛紧张状态。如果在工作、学习中遇到难题或必须完成的紧急任务,首先应该稳住自己的情绪,不必紧张,也不要急于求成,以免乱了方寸。进而要相信自己有能力,并对困难作冷静的分析,制订出必要的应付方案。此时,还可做些松弛性的自我暗示:"事情再难、再急,也必须一步一步去做,焦急紧张是无济于事的,一定能闯过难关,完成任务!"这样紧张会被驱散;而排解难题或完成任务时,成功又会成为良性刺激,使人的心理得以进一步松弛。生活中万一遭到不幸或遇有突然的变故,往往会迅速进入强烈的紧张状态。这时松弛的妙方是保持镇静。其实,为了对付紧张情绪,人类也不断创造出各种行之有效的松弛技术,如西方的静默祈祷法,东方的印度瑜伽术,日本坐禅术和我国的气功、太极拳,以及现代的生物反馈训练技术等。

适当安排计划

若所拟的工作计划不符合实际,便会受到挫折而引起情绪紧张。有的心理学家建议,在预订工作进度表中,可安排一小段"真空时间"。在这段时间,完全"真空"不预先安排任何事情。每次到这段时间时,可利用它来完成先前未能做完的事情,或是着手下一步工作。这样既有助于完成计划又能感觉到自己能支配自己的工作,内心较为轻松。

真诚相处

在与别人交往中,应真诚坦荡,与人为善。虚伪不仅使人厌倦,而且自己也会因此而有不安全感,如不自觉地猜想别人会不会得知真相,猜想别人是否在背后议论自己,并为此惶惶不安,导致关系紧张。

升华法

紧张的情绪也可予以升华,转移于学习或工作中。当情绪突然紧张起来时,往往精力特别集中,有可能把事情做得更好。而随着任务的顺利完成,内在的紧张也得以渐渐消失。

心理疗法之所以能够生效,就是因为通过意识的能动作用,可以对于行为活动加以控制,通过人格可以对整个身心加以调整,通过情绪状态可以对机体加以协调影响。这样,每个人就可以保持主观的个体和客观的环境之间、生理与心理之间、自己和他人之间的稳定和平衡,从而使身心更加健康起来。

心理疗法在近半个世纪以来,已经被人们普遍公认为是行之有效的医治疾病的方法,它甚至可以解决医学上很多老大难的顽症痼疾,收到常规医疗措施所不能比拟的效果。心理治疗通过影响患者的心理活动,可以有效地矫正一些异常行为,比如,精神失常、犯罪行为、不守纪律、不肯学习,甚至说谎、口吃、遗尿、吮指等怪癖恶习。所以它在各国盛行起来,被广泛加以应用,并且逐渐摸索出了多种多样的心理治疗的具体形式。

比如,音乐治疗、催眠暗示、生物反馈、行为矫正、心理咨询等。在这些具体方法中,我们将选择一些行之有效,"屡建奇功",而又简便易行和适合当前我国国情的方法、技术,介绍给青年朋友。

当你运用各种心理疗法时,都需注意一点:"心理疗法"并不是单一式地、对症下药式的"对症疗法"，而是各种因素、方面配合起来的综合疗法。因为心理疗法的总目标，是改变一个人的属于病态心理的人格。

这是因为很多患有心理疾病的人，往往是由于从幼小的时候起，在人格发展上有缺陷，不能很好地适应周围环境，于是就会引起各种精神上的症状和反常行为。而这些症状和行为又都不是生理上的病变，而是人格缺陷所造成的。心理疗法的任务，就是想方设法弥补他们的人格缺陷，使他们的人格不断地充实、丰富和完善化。比如，心理咨询，就是由医生和社会心理学工作者联合起来，综合研究病态心理的起因和治疗方法，帮助心理疾病患者的人格逐渐完善。

当然，心理疗法决不是"万能"的。心理疗法曾经一度被人们误解为唯心的，甚至被歪曲为"挂着科学招牌的迷信"，其中一个重要的原因，就是把心理疗法的作用、疗效，说得过了头，弄得神乎其神、不切实际的缘故。

心灵悄悄话

俗话说："心病还需心药医。"对于心理疾病患者，除了适当用药之外，还要有针对性地做好他们的思想工作，帮助他们用自己的意志和理智去战胜疾病。无论是谈话，或者是帮助他们采用一些具体的心理疗法时，从语言到表情，都要避免种种不良的暗示。你既不能急躁、急于求成，也不要厌烦、灰心。

紧张——甲光向日金鳞开

"冥想放松法"

　　我国年轻的小提琴家胡坤,在1980年11月第四届西贝柳斯国际小提琴比赛中获奖后,突然左手患了严重的"职业病",全手麻木、环指不能活动,他的手指再不能在四根银弦上,演奏出美妙动听的旋律了。他那颗痛苦的心像坠进了一口没底的深井,到处求医,不见效果。后来经过医学心理学工作者的指点,解除了思想上的紧张状态,做到心理放松,开始从头练起,三个月后,停止三年之久的演奏得以重新开始。

　　胡坤所接受的疗法,就是"冥想放松法"。这种方法,对保持心理健康能够奏效的理论依据,大体上和我国的"气功"、印度的"瑜伽术"是缘出一辙的:闭目守静,把精神集中到一点,造成大脑里的一个优势兴奋中心,从而抑制其他部位。

　　气功的功效,正如《黄帝内经》上所说的那样:"恬憺虚无,真气从之,精神内守,病安从来?"在古人看来,"气"是宇宙万物生化的根本,在人体内起作用的是真气,真气运行如果减弱,甚至受阻,身心会逐渐衰弱,各种疾病就会乘虚而入。气功就是通过一定的方式方法,来调动和恢复真气的运行,以增强自我康复的能力。古代中医的这种"真气"说法,已被1968年苏联科学家宣布发现的人体里面有一种新的能量循环系统所进一步证实,这种"能量"在人体里,按照特殊的路线循环,可以通过呼吸来加强,并且受磁力、太阳黑子、光、声、音乐,以及情绪、食物、饮料等许多因素的影响。

　　这里,需要简单解释一下什么叫作"生物反馈"。所谓生物反馈,它的依据是,人体有能力控制从大脑皮层下面的边缘系统发出的波形缓慢的 α 脑波,而这个 α 脑波也就是松弛状态的正常波。印度瑜伽信徒当众表演,他们能够安然无恙地、赤脚走过烧红了的铁板,或针刺手臂而不感疼痛。中国的高超硬气功,更是独树一帜,各有千秋。

我在这里介绍一种在国外流行的简便易行的冥想放松法。你可以用一件真实的物件，比如，各种球类、各种水果，或者你手边可以找到的例如小半导体收音机等实实在在的物体，来发挥你自我想象和自我暗示的能力，平静你的大脑。具体方法是：(1)凝视手里拿着的橘子(刚才我说了，什么东西都可以)，反复仔细地观察它的形状、颜色、纹理脉络，然后用手触摸它的表面质地，是光滑还是粗糙？再闻闻它有什么气味。(2)闭上眼睛，回忆和回味着这个橘子都留给了你哪些印象。(3)放松肌肉，排除杂念，集中精力地想象自己越变越小，钻进了橘子里。那么，里面是什么样子？你感觉到了什么？里面的颜色和外边的颜色一样吗？然后再假想你尝了这个橘子，记住它的滋味。(4)想象暗示自己走出了橘子的内部，恢复了原来的样子；记住刚才在橘子里面所看到的、尝到的和感觉到的一切，然后做深呼吸五遍，慢慢地数五个数。睁开眼睛，你会感到头脑轻松而又清爽。

　　同样的道理，放松身体的各个部位，轻松自如地反复观察手中的小半导体收音机，掂掂它的重量，摸摸它的形状，闻闻它的味道；然后想象自己越缩越小，钻进了收音机里面进行游览观光。里面的各个部件是什么颜色、什么形状的？是怎样排列组合着的？在里面有什么感觉？是憋气还是很舒畅？然后再想象自己的躯体离开了收音机，恢复了原状，记住自己这次"旅游"时的所见所闻和一切经历体验；然后深呼吸五次，从一数到五，然后睁开眼睛，你会感到头脑既轻松又清爽。你可以每天早起、中午、睡前各做一遍。

心灵悄悄话

　　无论是中国的气功，还是印度的瑜伽术，都和冥想放松法有关系。它们并不是神秘的"奇术"，而是设法把精神集中到一点，造成大脑皮层里的一个优势兴奋中心，从而抑制了其他部分。

四种心理疗法治疗紧张

考生自己要掌握简单、有效的心理疗法以缓解过分的紧张、克服高度焦虑,以下四种心理疗法很有效。

放松训练法

常见的放松法有肌肉放松法和意念放松法。肌肉放松法是通过循序交替收缩和放松全身肌肉,细心体会肌肉的松紧程度,最终达到缓解个体紧张和焦虑状态的训练方式。具体做法:轻松地坐在椅子上,双臂双手平放于双腿上,头与上身轻轻后靠,由头部肌肉——颈部肌肉——背部肌肉——腹部肌肉——臀部肌肉——大腿肌肉——小腿肌肉——脚趾肌肉的由上而下的次序放松。先使该部位肌肉保持紧张状态10秒钟,然后慢慢放松,注意体验放松时的感觉,如发热、沉重、温暖、愉快等。意念放松法时可轻松地坐在椅子上,身体自然放松,双眼微合,采用腹式法慢慢进行呼吸。由于注意力全部集中在呼吸,逐渐达到排除一切杂念、心静神澄的境地,从而消除紧张状态。

感情接近法

环境的陌生、监考老师的威严也是怯场的重要原因,假若在自己的教室由任课老师监考,你自然就不紧张了。因此,你不妨把考场当成你熟悉的教室,把监考老师当成你的熟人,和监考老师自然地打个招呼,说句话,你的心里会踏实很多。

自我暗示法

遇到试题较难最易造成紧张。对于难题你不妨这样自我暗示,我不会别人也未必会,这样可驱散心理压力。你还可以这样想考试是全面考察,不会因某一题,某一门课而影响全局。学会自我安慰,防止产生恶性循环,使整个考试一败涂地。

注意转移法

即通过转移注意力消除紧张心理的方法。进场时你如果发生心慌,可在心里哼哼歌曲,进场后做考试仪式也是个好办法,比如摆正桌子、摘下手表放好、擦擦眼镜、试试笔等。倘若答卷时发生怯场,首先要停止答卷,往窗外看看蓝天、白云、绿树……待调整心情再答题。

至于应试技能,考生可以自己总结,在此不再赘述。

心灵悄悄话

希望广大考生能抱着平常心、放下包袱,保持最佳的心理状态,充满自信地迎接考试,适应考试,有效地驾驭考试,取得理想的成绩。

"心理疗法"的功效

在中国古代医学典籍里，就曾指明：心理因素既可以使人发生疾病，同时也可以治疗疾病的事实及其原因等问题。比如："心者，五脏六腑之主也，……故悲哀忧愁则心动；心动，则五脏六腑皆摇。"就把心理因素可以导致心理疾病讲得很清楚。现代精神医学临床诊断的大量统计，已经完全证实了我国古代医学这种论断的科学可靠性。例如，调查研究表明，在经历过"人生剧变"的人们当中，发病率为4/5；而在未经剧变、挫折的人中，发病率只有1/3。丧失眷属者的发病死亡率，要比正常人高出七倍。日本一位医生统计内科患者，其中包括恐癌症患者在内，大约有44.6%是属于因心理因素致病的患者。美国一位医生统计，在一般临床中，大约有50%的症状是心因性的，或者是伴有大量心理因素的。这两位医生统计的百分比数字，很相接近。这也就是说，在内科病患者当中，大约有一半的人，是由于心理因素而致病的。

另外，大量观察和调查证实，积极的情绪、完善的人格、和谐的人际交往、开朗的性格、清晰的思路等，已不容置疑地被认为有助于防病、抗病和健康、长寿。古今中外的许多病例证实，有些病症单靠药物是无法治愈的。比如焦虑性神经症，它的致病原因既和一个人的性格特征有关，又有精神因素的原因，因而单靠药物治疗便很难奏效。

有些病症根本不需要药物治疗，采用心理疗法就可以"不医而愈"地康复。比如，运动员们在比赛的关键时刻，怎样才能很好地解决心理压力的问题，就不是单凭药物所能解决的。

我国跳水名将陈肖霞，在第五届全运会上获得全能和十米跳台比赛两枚金牌后回忆说，在全运会前，她之所以能够排除烦躁不安等心理障碍，顺利参加比赛；出国乘坐飞机途中，她之所以能够应用调整呼吸和放松技术，消除了呕吐现象;去比赛场地途中,她之所以能够运用"呼吸守点"(只看一个固定目标)方法,消除了过去头痛晕车的毛病,这一切,都是她接受心理训练后所取得的明显效果。

　　1984年9月19日《北京晚报》"科学长廊"栏,刊登了一封读者来信。信里讲道:"我曾(求答)治疗眼睛不会转动的病。信刊登后有七位医生给我提供疗法和药方。……张智忠大夫认为我的眼睛没有毛病,我的患病心理是由于精神忧郁造成的。平时,我总是自我怀疑眼睛有病,张大夫使我走出了迷宫,我现在精神好多了,也不感觉眼睛有病了。"这位读者的"病",就是只用心理治疗达到治愈目的的又一例证。

　　那么,究竟什么是"心理疗法"呢? 心理疾病的治疗方法,按照它的做法,大体上可以分为两大类:(1)心理治疗法。可以简称为心理治疗。这种治疗方法不是用药物去治疗,而是根据心理学的原则改变心理失常人的行为,让他们的心理恢复正常的状态;(2)身体治疗法。可以简称为生理治疗。这种治疗方法是根据生理学的原则,用药物或其他物理、化学的方法,改变心理失常人的行为,让他们的心理恢复正常的状态。现在我们要讨论的,主要是第一类方法,也就是心理治疗法。

心理分析治疗法

　　这种治疗方法不是以心理失常人表现于外部的外显症状,作为诊断和治疗的目标,而是只把外显症状作为线索,来探求追查他(她)所潜隐的心理问题。这种疗法认为,患者内心深处潜藏隐状的问题一旦被揭露出来,而且患者本人能够自己接受和了解这种隐私的病因之后,他们心理失常的原因就可以被解除,这样就可以在思想上豁然开朗,病也就会"豁然痊愈"。

　　你听说过"打扫烟筒"疗法吗? 把心理疾病比喻为堵塞了的烟筒,用谈话等办法,使患者清扫干净心中的积郁和烦闷,吐露出隐藏在内心深处的思想问题,使他们解除思想疙瘩,豁然觉悟、茅塞顿开,病也就立刻好了。这种俗话讲的"扫烟筒"疗法,就是心理分析法。心理学上把这一种心理分析治疗法又叫作"顿悟治疗法",其道理也就在这里。

行为治疗法

　　这种心理治疗方法和上面讲的心理分析治疗法正好相反,它是直接地以心理失常患者表现于外部的、失常行为的外显症状作为治疗的目标,给以直接治疗。这是因为行为疗法者认为，人们的一切心理疾病或者反常的病态心理，必然地要在身体的外部行为上，表现出与其相应的各种症状来。这些身体外部症状就是某种异常（失常）的行为。而这些异常行为正是"病人"对周围环境不协调的表现。行为疗法认为异常行为是可以通过学习来进行调整和改变的。因此，行为疗法工作者们又把他们的这种心理疗法，叫作"行为矫正疗法"。

行为疗法是一种新兴的疗法，它比起古老的心理分析法来，有很多先进之处。行为疗法的指导思想是：把人看作一个整体，大脑的高级神经活动支配人这个整体，因此，每个人都可以通过学习，自己控制自己，改变、调节自己的一切行为。而通过学习调整了行为，就可以使身体的生理状态和周围环境保持平衡、稳定的状态。这个原理经过医疗实践，证实确实有效，于是就创建了这门新兴的行为疗法。行为疗法在美国现在很时髦，因为行为主义心理学在美国现在依然有广泛的影响。

不过，行为疗法是有缺陷的。那就是这种疗法，过分偏重于依靠行为上的矫正来治疗病态行为和心理疾病，从而忽视了人的认识作用。实践表明，如果不解决病人认识上的问题，而单靠行为上的矫正，是不能从根本上治疗好一些心理疾病和失常行为的。

除了上述两类主要的心理治疗方法以外，还有很多常用的其他方法。

这些行之有效的具体方法，对治疗心理疾病和保持心理健康都有一定的帮助。至于究竟哪一种方法最好，这就不好讲了。因为任何方法都不是唯一决定治疗成败的因素，比如，年龄不同、性别不同、患病的时间长短不同、患者每个人人格特质不同等，都是影响治疗成败的重要因素，而且这些因素又很难加以人为地控制。但是，有一个大家都公认的"秘方"，那就是防止心理疾病或者说防止心理失常的最有效的方法，是经常地保持心理健康。

心理疗法之所以能够生效，就是因为通过意识的能动作用，可以对于行为活动加以控制，通过人格可以对整个身心加以调整，通过情绪状态可以对机体加以协调影响。这样，每个人就可以保持主观的个体和客观的环境之间、生理与心理之间、自己和他人之间的稳定和平衡，从而使身心更加健康起来。

心理疗法在近半个世纪以来，已经被人们普遍公认为是行之有效的医治疾病的方法，它甚至可以解决医学上很多老大难的顽症痼疾，收到常规医疗措施所不能比拟的效果。心理治疗通过影响患者的心理活动，可以有效地矫正一些异常行为，比如，精神失常、犯罪行为、不守纪律、不肯学习，甚至说谎、口吃、遗尿、吮指等怪癖恶习。所以它在各国盛行起来，被广泛加以应用，并且逐渐摸索出了多种多样的心理治疗的具体形式。

比如，音乐治疗、催眠暗示、生物反馈、行为矫正、心理咨询等。在这些具体方法中，我们将选择一些行之有效，"屡建奇功"，而又简便易行和适合当前我国国情的方法、技术，介绍给青年朋友。

当你运用各种心理疗法时，都需注意一点："心理疗法"并不是单一式地、对症下药式的"对症疗法"，而是各种因素、方面配合起来的综合疗法。因为心理疗法的总目标，是改变一个人的属于病态心理的人格。

这是因为很多患有心理疾病的人，往往是由于从幼小的时候起，在人格发展上有缺陷，不能很好地适应周围环境，于是就会引起各种精神上的症状和反常行为。而这些症状和行为又都不是生理上的病变，而是人格缺陷所造成的。心理疗法的任务，就是想方设法弥补他们的人格缺陷，使他们的人格不断地充实、丰富和完善化。比如，心理咨询，就是由医生和社会心理学工作者们联合起来，综合研究病态心理的起因和治疗方法，帮助心理疾病患者的人格完美起来。

当然，心理疗法绝不是"万能"的。心理疗法曾经一度被人们误解为唯心的，甚至被歪曲为"挂着科学招牌的迷信"，其中一个重要的原因，就是把心理疗法的作用、疗效，说得过了头，弄得神乎其神、不切实际的缘故。

那么，究竟怎样运用心理疗法？

如果你进行自我治疗时，应当注意：

（1）要对心理疗法充满信心。你可以先不去考虑它们的疗效究竟会是怎么样，但是确信试试看总会有益无害，这样的自我暗示作用本身就是心理治疗。

（2）坚持"治疗"下去，持之以恒，不要因为很快就收到疗效而停止，也不要因为还看不出成效就中断。坚持本身可以使你磨炼意志，它本身也是心理治疗。

（3）如果某一方法收效不大，或看不出什么显著的效果，那就无妨改用另一种方法。也可以几种方法交替使用，或者同时使用。

如果你扮演"医生"的角色，对你的朋友、伙伴、亲人进行心理治疗时，你应当注意:要让对方对你产生信任感、亲切感和安全感,你首先应该设法使他们增强治愈的信心和决心,对他们多加体贴和鼓励,在相互思想沟通交流的气氛中进行。俗话说:"心病还需心药医。"对于心理疾病患者,除了适当用药之外,还要有针对性地做好他们的思想工作,帮助他们用自己的意志和理智去战胜疾病。无论是谈话,或者是帮助他们采用一些具体的心理疗法时,从语言到表情,都要避免种种不良的暗示。你既不能急躁、急于求成,也不要厌烦、灰心。

心灵悄悄话

心理疗法的任务,就是想方设法弥补他们的人格缺陷,使他们的人格不断地充实、丰富和完善。

给心中的怒气找一个出口

　　生活中,愤怒无处不在:夫妻间吵架拌嘴,进而越吵越激烈,引发一场夫妻大战;员工对老板的抱怨指责,满腹牢骚过后问题还是得不到解决,接着就是员工对老板愤怒的报复;孩子顶撞父母,让父母很生气,控制不住,脾气会越来越暴躁,最后会愤怒地对孩子大打出手;父母责骂孩子,孩子生气不服,为了和父母斗气,愤怒地离家出走;甚至,下班路上的拥堵也会让一些人坐在车里一边愤怒地狂按喇叭,一边破口大骂……

　　虽然,从小到大我们就被一再告知,生气、脾气暴躁是不好的,那些直接或者间接的生活经验也让我们知道,发火的"破坏力"有多大——失去朋友、得罪亲人,或者丢掉饭碗。但是,我们还是不能很好地控制自己的情绪。

　　因受到外界刺激而冲动发火,做出种种不理智的行为,可以说是急性的坏情绪。脾气暴躁、容易愤怒对人的身心健康与思维效率有很大的杀伤力。所以,一个人学会制怒是很有必要的。学会制怒就是要学会控制发怒的状态,做自己情绪的主人。下面是对付一些过激情绪常用的方法,容易生气愤怒的人可以参考一下。

　　1. 明确告诉自己:我生气了

　　愤怒来临时,我们往往还没弄清楚发生了什么,不该说的话就说出去了,不该做的事也已经做了。所以,向自己承认"我生气了",大声说:"这件事让我很生气,现在我该怎么办?"告诉自己也告诉对方。这样做,会为你赢得正确处理愤怒情绪的机会。

　　2. 自己努力克制一下

　　说出来不高兴了,还是难消心头之火,那么,就先自己努力克制一下吧。不要马上说什么或者做什么。克制冲动并不意味着积累愤怒,而只是说你在感到愤怒的时候,应该先冷静一下。遇到使你愤怒的人和事,应该想到,发怒并非良策,反而会增添新的烦恼,理智地让步,不仅可以使心理上获得解脱,还会得到别人的谅解和同情。

3. 发怒之前,问自己三个问题

首先要问的是:"我发怒有没有道理呢?"然后就要问一问自己:"我发怒之后会有什么后果呢?"最后,你要问:"我还有其他的方式来替代发怒吗?"

一个年纪轻轻的小伙子在他准备上公交车时,仅仅是因为该从前门还是后门上车的问题跟司机发生了口角,在愤怒和争执中,他随手向车里乱扔了一个易拉罐。后来,公交公司将小伙子以"寻衅滋事"的罪名起诉了。小伙子为他的愤怒付出了代价。

试想,如果那位小伙子愤怒之余能够问自己这三个问题,还会有后来他扔易拉罐的事情发生吗? 还会被起诉吗?

4. 找到适当的宣泄口

有个男孩子,性格很内向,心里有什么事都不愿与人说。所以,长期以来,情绪都很不稳定。对父母以及很好的朋友动不动就发火,大吼大叫。有时候一不顺心,他心里就会变得很急躁、很烦闷,会想摔东西,或是砸门,想做一些冲动的行为。因为他这样无缘无故的发火行为,让他身边的朋友都很难接受,慢慢地都不再愿意和他交往了。

令人气愤之事一旦发生,为了不使内心的不平衡进一步加剧,必须设法把"气"排解出去。你可以找信赖的朋友或亲人,尽情地倾诉自己的不满和委屈,求得对方的开导和安慰;或是和朋友一起唱唱歌、乐一乐,把"气"放出来;也许觉得自己受了委屈没处发泄,也可以大声地痛哭一场。必须提醒的是,不可以因为自己心中不快,就大肆破坏公物或者迁怒于他人。

5. 让愤怒升华成力量

遇到令人气愤、不顺心的事,或长期处于逆境之中,要善于支配自己的情绪,化气愤为干劲,在逆境中奋发图强。这样,一方面使自己得到解脱,另一方面也推动自己在事业上不断地进取。

6. 站在对方的角度考虑一下问题

凡事要将心比心,就事论事,如果任何冲突矛盾,你都能站在对方的角度来看一下问题,那么,很多时候,你会觉得没有理由对别人发那么大的火,自己的怒气自然也就消失了。这也是一种宽容大度,对人不斤斤计较,能为别人着想。当你学会宽容时,爱发脾气的毛病也就自行消失了。

安慰剂,是指既无药效、又无毒副作用的中性物质构成的、形似药的制剂。安慰剂多由葡萄糖、淀粉等无药理作用的物质构成。安慰剂对那些渴求治疗、对医务人员充分信任的病人能产生良好的积极反应，出现希望达到的药效，这种反应就称为安慰剂效应。

使用安慰剂时容易出现相应的心理和生理反应的人，称为"安慰剂反应者"。这种人的特点是：好与人交往、有依赖性、易受暗示、自信心不足，经常注意自身的各种生理变化和不适感，有疑病倾向和神经质。

心灵悄悄话

人不可能永远处在好情绪之中，生活中既然有挫折、有烦恼，就会有消极、过激的情绪。一个心理成熟的人，不是没有坏情绪的人，而是善于调节和控制自己情绪的人。

第六篇　消除紧张的行为疗法

从心理健康学的角度来看，大量的生活实践证实，身体健康与否，的确会影响心理健康。无论是体力劳动者或是脑力劳动者，在劳动过度的情况下，都需要身心双方的休息和调剂。这是因为，生理和心理两者构成人的统一体，它们相互影响，相互作用，一方面的亏损，足以影响其他方面。好多病态心理或心理疾病的根源，都是身体方面出了问题。保持心理健康，当然不是单凭有一个健壮的身体就能办得到的。很多运动健将患有心理疾病，便足以驳斥这种"唯身体健康论"者的主张。

"运动疗法"治疗紧张

美国斯坦福大学医疗中心的詹姆斯·费赖斯博士说："我告诉病人们进行锻炼。跑跑步，别总休息，是心理学家对患者的新劝告。"可见运动有助于治疗心理疾病。

保持心理健康，当然不是单凭有一个健壮的身体就能办得到的。很多运动健将患有心理疾病，便足以驳斥这种"唯身体健康论"者的主张。所以"健康的精神寓于健康的身体"这句话，说得有点绝对化，不十分恰当。

从心理健康学的角度来看，大量的生活实践证实，身体健康与否，的确会影响心理健康。无论是体力劳动者或是脑力劳动者，在劳动过度的情况下，都需要身心双方的休息和调剂。这是因为，生理和心理两者构成人的统一体，它们相互影响、相互作用，一方面的亏损，足以影响其他方面。好多病态心理或心理疾病的根源，都是身体方面出了问题。林黛玉这个"病美人"就患有多种病态心理的症状。她经常以泪洗面，抑郁寡欢，神经质地多愁善感，性格孤僻、内向、猜疑等，这些都和她体弱多病是相互联系着的。所以，一个体弱多病的人，会经常感到精神上的痛苦，对于心理健康大有妨害。

法国启蒙时期的思想家伏尔泰说过："生命在于运动。"他的这句名言，现在已被公认为是一句真理。的确如此，坚持运动和锻炼，是有利于预防和治疗心理疾病的。你看过《钟楼怪人》这部电影吧？这部电影是从小说《悲惨世界》改编过来的。小说的作者——法国大文豪雨果，40岁时患心脏病，但他在医生的指导下，坚持运动，一直活到80岁，并且坚持从事大量艰辛、繁重的文学创作，心理始终保持健康的状态。

从生理学上看，运动可以增强心肺功能，增加肌体各脏器的侧支循环，使关闭的血管网开放，使血液循环和气体交换加速进行。这样一来，肌体的各个内脏器官就能够获得充分的营养物质和氧气，并且能够及时地排出代谢产物和二氧化碳。人的肌体的新陈代谢就可以更加旺盛起来，各种内脏器官的功能也就更加充沛，并富有生机。

当然，虽说运动锻炼对于防治心理疾病和增进心理健康大有好处，可也并不是说，任何人都可以做任何样的运动和锻炼。运动的方式，应该因人而异、因地制宜。一般正常的青年人，可以适当地做些长跑球类比赛等比较剧烈的活动，使身体处于无氧代谢状态，这样可以增强正在发育成长的体质。可是，对于患有心理疾病的青年人说来，还是暂时从比较温和的活动入手为好。比如，打太极拳、做体操、散步、慢跑等，使身体处在正常有氧代谢状态。简而言之：(1)不要做力所不及的锻炼活动；(2)循序渐进，运动量和强度要由小渐大，逐渐的增强，符合每个人自己身体的条件。

在运动疗法当中，最简便易行的一个项目就是"跑步"。谈起跑步的好处来，我们的老祖宗原始人，就已经在生活实践中领悟到了。在远古时代，原始人靠跑动才能获得肉食和用以御寒蔽体的兽皮；另外，经常跑动也使原始人变得勇敢和有毅力。跑步的好处这么多，难怪相传在古希腊时期，人们在峭壁上刻下了这样的话："你想变得强壮吗？那你就跑吧！你想变得美丽吗？那你就跑吧！你想变得聪明吗？那你就跑吧！"至于怎样跑法更科学，我觉得也不必强求一律，可以根据自己的体力情况而定。有些医生说，开始的时候，每周跑两次就够了，经过一两个月后再逐渐地增加次数等，所有这些建议或主张，只能供参考而已。

心灵悄悄话

古往今来，有多少英雄烈士身陷囹圄，在敌人的监狱、集中营里、法庭上，以病弱的身躯坚持对敌斗争。他们人格高尚，正气凛然，尽管身体健康状况极差，可他们的心理却是健康的。

"休闲疗法"治疗紧张

你也许从来没有听到过"休闲疗法"或"闲暇疗法"吧？是不是觉得它很新鲜？"休闲"和"疗法"怎么能够连在一起呢？你也许会把"休闲疗法"理解成为"娱乐疗法"，可是这样的理解，是不太确切的。因为"休闲"的意义是积极的；而"娱乐"，却往往使人仅仅想到消遣解闷。

"休闲"，或者说"闲暇"，它的意思是指，使你从职务工作和给你指派的任务中解放出来，自己可以自由支配的时间。古希腊人把休闲理解为"学习、做学问的时间"，自己做自身学问的意思。因而休闲不是单纯的消极的休息和玩耍。古希腊哲学家苏格拉底说过，"最好的财产是休闲"，休闲意味着为了追求学问的余闲。另一位古希腊哲学家亚里士多德说："咱们是为休闲而忙碌地工作着的。"他又说："人生的目的在于追求知识、幸福和'休闲'，休闲是获取知识与幸福的条件，是人生的终极目标。"你看，从这两位古希腊的大哲学家对于休闲意义的解释，休闲不是有很大的积极意义的吗？

其实，休闲不仅仅限于学习。比如，听音乐、钓鱼、养花、养鱼、绘画、集邮、练习书法、做木工活等，都可并入休闲疗法里面。因为这些活动，对于青年人来说，都是在八小时工作以外，每天1/3的业余时间里，排除烦闷、抒发感情，增添生活乐趣的有益活动。它可以修身养性、陶冶情操，也可以辅助医疗心理疾病。

有一本关于心理健康的书中写道："一个男孩在晚餐之后，如能利用光阴阅读良好读物一小时，他自然不肯出外参加一群顽童在黑夜中的勾当；同样，一个女孩若能在晚间阅读好书或弹弄乐器一小时，那么她的社交活动，自然是与其他没有正当休闲活动的女孩大有区别。进一步讲，如若这些儿童都具有欣赏各种艺术的能力与兴趣，那就势必会形成一种良好的心理倾向，这种倾向既会有社会价值，又自然地能够形成他们智能的均衡、态度的安静和心理的健康。"

　　这段话不仅仅是对于子女如何实施正当的家庭教育有启发,就是对于青年人自己如何安排业余时间的休闲活动,也是大有教益的。因为每个人都有工作或学习的业余时间,你打算用哪些内容去安排、充填它们呢?业余时间好比是块阵地,你若是不用健康的思想去占领它,那么不健康的东西就势必要"乘虚而入"地去占据它。

　　休闲疗法无疑问地,也可以加强人们的精神修养,它是一门学问,也是一种艺术和享受。每个人都不能干巴巴地生活着,因为我们生活着的这个大千世界,原本是五颜六色、丰富多彩的,我们的精神世界也得相适应地要"赤橙黄绿青蓝紫"。休闲疗法可以使你从精神到肉体保持轻松状态,排除不利因素的刺激作用,使你豁达开朗、气血调和、形体保健。同时,在心理上都使你感到有乐趣、有奔头、有信心。

　　高速经济发展的现代化生产方式,要求人们快节奏、高效率,因而每个人的学习、工作和生活都会忙碌起来,情绪也会相应地紧张起来。这就更加需要用业余的活动来调剂。另外,从心理健康的角度来理解休闲,更是有着积极意义的。

🦋 心灵悄悄话

　　由此可见,一个心理健康的人必须要有业余活动。业余活动就是休闲。凡是离开正常的工作,在体力和时间允许的情况下,开展一些不同于一般运动、锻炼的业余活动,都可以算做休闲。

紧张——甲光向日金鳞开

"自主训练法"

　　每个人在生活当中,不可能样样事情都称心如意。这就要求人们遇事要冷静,特别是在碰到不顺心事情的时候,比如,工作事业上受到阻碍、家庭生活上出现矛盾等,你就得学会善于自己排除干扰,解决冲突,争取自己能够和周围环境相顺应,保持协调融洽的关系。因此,每个人都应该训练自己善于适应变化了的环境,锻炼适应能力。

　　那么,有什么方法可以帮助人们锻炼、提高适应环境的能力呢?"适应训练法"就是一个很有效的方法。"适应训练法",又可以叫作"自律训练法"。说"自律",有人可能感到费解,其实,自律就是"自主"的意思。所以,我们又把这种方法,叫作"自主训练法"。

　　德国柏林大学教授舒尔兹,是一位卓有成效的著名精神病学家,也是一位赫赫有名的催眠大师。1932 年,他根据自己二十多年来的苦心钻研,得出一条基本原理:"每个人都可以控制自己!"并且根据这个原理创建了"自主训练法"。舒尔兹认为,每个人都能学会控制自己,在日常生活中,可以进行自我训练来保持自己的心理健康。后来,经过长时期的临床实践证实,自主训练法是自我训练当中最行之有效的一种方法,人们运用它可以消除心理压力。

　　1910 年,舒尔兹发现,当他指导病人自我催眠时,他让病人自己讲话,曾获得惊人的效果。例如,当一些病人重复地说"我的手暖和了"时,他们的手真的越来越暖和了起来。1964 年,美国一些医生用测量皮肤温度的仪器,证实了舒尔兹的这一早期试验,证明人体的自动系统是可以自主控制的。这种技术从 1964 年后扩大到治疗失眠、烦躁、血压不正常和哮喘,进而试验治疗癫痫、中风瘫痪、背痛、偏头痛和由于精神紧张所造成的头痛等病症。

自主训练法创建后,各国的精神病学家和心理健康研究专家们,纷纷对其有所发展和创新。下面,我再介绍一种最简单的方法:

第一个步骤是:首先,取坐姿,把背部轻轻地靠在椅子上;颈部挺直,头稍稍前倾;两脚摆放如肩同宽,脚心紧紧地贴在地面上。然后,两手平放在大腿上;闭目静静地深呼吸三次,排除杂念,把注意力引向两手和大腿的边缘部位;把意念排导在手心。最后,你会感到注意力最先指向的部位会慢慢地产生温觉,然后会逐渐地扩散到手心全部。这时,你心里可以反复地默念着:"越是静心下来、静下心来,两手就会越发暖和起来。"

第二个步骤是:你若是根据这个要领,把注意力放在脚上,你的脚也会最后感到温暖;一旦两只手、两只脚都真的产生温暖感觉后,你的身心便会感到轻松,头部便会感到清爽。

经过一段自主训练后,你若是感到真的变得心理松弛和舒畅起来,这就说明你尝到了甜头,真的有收益了。这时,你便可以进一步练习,使它更加熟练,从而达到运用自如的"上乘"程度。这样,你就可以做到不仅能在安静的屋子里练,就是在步行、乘车、开会以至繁忙工作时,也可以抽出片刻时间做一做。那么,你就可以在日常生活里永远保持心理松弛、心情舒畅的状态。

心灵悄悄话

自主训练看起来很简单,但它的功效却不小。它可以帮助你解除心理紧张、心理压力,增强你的心理耐力。

大脑训练法

瑞士的著名牙科医生兼老资格的业余体育爱好者雷蒙德·阿伯瑞佐博士,在瑞士开设了一个闻名世界的特殊"诊所"。这个诊所专门训练指导一些很有发展前途,但却缺乏信心,心理上不够健全的各类运动员(跳高、滑冰、拳击、足球等),由于收效显著而声誉鹊起。

阿伯瑞佐博士在总结他的训练经验时,曾经说过这样一句话:"从某种意义上讲,想象有时比意志更重要。若想下决心来解除紧张,那就只会加剧已有的紧张。"他这句话,的确说得十分深刻精辟,耐人寻味。我觉得不仅体育运动员在平日训练和临阵比赛时,会有这种情况,就是我们每个人在日常生活里,也会遇到这类情况,比如由于心理紧张,动作往往"不听"自己的指挥和支配,大脑和身体的动作失去协调,变得笨手笨脚起来,等等。

阿伯瑞佐认为,训练运动员时,要同时训练他们的大脑和躯体,应该把他们作为一个完整的人来对待。他创造了一个新概念叫作"协调意识学"。他教导运动员们,首先要学习怎样来消除头脑里那些有害于表演或比赛的不正常的因素,比如像在比赛前或比赛中过分紧张、注意力分散、缺乏搏斗精神、信心不足、胆小怯场、心理疲倦、担心发生过失或犯错误、怕失败等。阿伯瑞佐认为,经过他所谓的"协调意识"的"大脑训练"之后,运动员们就可以消除自己意识不到的惧怕心理。而这种自己没有意识到的"惧怕心理",往往会延误一些运动员几百分之一秒的关键时间,以致有可能因此而失去夺取金牌的机会。

所谓的"大脑训练法",主要是指激发人们的想象力,将动作的每一个细节,在"大脑电视"里过上一遍;暗示自己放松身体,调整和改善心理上的竞技状态,对自己的技术充满信心。比如说,确信自己在比赛一开始就能集中精力,完全不怕观众们欢呼、吵嚷的干扰,以及诸如电视镜头对准自己或者临时意外事故;并且在想象中将每一个动作做得尽善尽美;设想一旦发生意外事故时,自己将如何对待,等等。有人把阿伯瑞佐所倡导的这个"大脑训练法"叫作"心理体操",它不需要大量艰苦的身体练习,也不需要花费许多时间,就可以完全控制自己的心灵。因而,大脑训练法被公认为是一种有效的心理疗法、自我治疗法。

众所周知,中国女排在夺得世界女排"三连冠"之前,曾经接受过接连不断的严峻考验。在国外和一些资本主义国家的女子排球队比赛时,往往会碰到敌队的啦啦队呐喊夹着号声和鼓鸣,它们震耳欲聋地交织成一片杂乱的噪声。面对这样的情境,一般运动员会感到恐慌迷乱、脉搏加速、胃部不适,甚至想呕吐,喉咙发涩,呼吸急促,并伴随有强烈的想逃离现场的心情。可是,中国女排的巾帼英雄们在心理上战胜了紧张的压力,在激烈的争夺战中,最终取得了辉煌的胜利。她们在为国争光的决心和信心鼓舞下,用大脑控制、"统率"了肌肉和身体的所有器官,这可以说是地地道道的中国式的"协调意识法""大脑训练法"。

大脑训练法目前已成为一种治疗心理疾病,增进心理健康的有效方法,而且它的应用也越来越广泛。在欧洲,现在有许多心理门诊所,已经开始广泛地应用这一训练方法,来治疗由于情绪紧张或心理压抑而造成的各种心理疾病。

由于大脑训练法是一种积极的自己指导自己的方法,它能教给人们有意识地抑制一些所谓不由自主的身体活动,增强有意识地控制体内的各种生理过程的能力。比如,控制消化、呼吸、心跳、血液循环和新陈代谢;还可以控制情感和情绪,使人变得身心协调一致。因此,不仅可以用这种训练方法,帮助培养造就大批的优秀运动健将和比赛冠军,而且也可以采用这种训练方法,帮助培养造就大批出色的演说家和有成就的艺术家等。这些训练者所以获得成功,就是把人体看作一个整体,看作大脑和身体相互协调一致的状态。

因此,大脑训练法就不仅仅限于适用于各种体育运动项目的训练;而且适用于一切需要面向观众、"抛头露面"的行业。也可以说,它适用于可能表现为情绪紧张的一切场合。大脑训练法还包括一个人怎样和别人、怎样和整个社会建立健康、完美关系的适应能力;使各行各业的体力劳动者和脑力劳动者,能更好地完成自己的本职工作;并进一步地鼓励人们有信心地准备担负更重大的任务,等等。

大脑训练法的重要意义，正像一位研究这个方法的专家说的那样："它可以告诉演员怎样抓住观众的灵魂；告诉作家怎样进入读者的心灵；告诉运动员怎样积蓄力量，在最关键的时刻使用力量，以获得胜利。……总之，对于人类生活的各个方面，都是一门有用的方法技术。"

当人们从事体力劳动工种，或者在做某一件需要动手操作的工作的时候，为了避免由于情绪紧张、信心不足，或者惧怕焦虑而最终导致失败的场合，都无妨试一试这个方法。比如，你要参加体育项目的比赛，你要操刀给人做手术，你要在重要的会议上或者在公众面前讲话、讲课、发表演说，你要做木工活等，如果你经过大脑训练，那你就可以使你的动作更加准确无误，可以使你的体力和精力消耗得更少，可以使你的注意力更加集中，提高学习的接受能力。总而言之，大脑训练可以使你的所有不必要的担心、压抑、紧张和对失败的恐惧，都会减弱以至完全消除。

大脑训练法是一种自我暗示法。大脑训练法的创建者阿伯瑞佐，把大脑训练法的要领归结为两句话："放松并控制身体，使用肯定的暗示并发挥想象力。"这个方法主要是依靠发挥自我想象力和肯定性的自我暗示，以提高必胜的信念而起作用的。

大脑训练法也可以说是"自主训练法的一个变种，它们的原理是一个，也就是舒尔兹提出来的。人们的精神（心理）在一定程度上，可以控制支配人们的身体（生理）。从这里可以看出，很多心理治疗方法是相通的，是大同小异的。所以说，我在前面劝青年朋友可以先试一两个方法，如若不见效，就可以改试另外一两个。同时，我也提醒读者不必把心理疗法看得过于神秘。

心灵悄悄话

可以说，所有的心理治疗方法都是"大脑训练法"，都是训练人们的大脑更加健康，使自己能够积极地自己指挥自己、控制自己的一切心理活动和一切行为活动。

暗示疗法

你知道吗？现代医学上有一种"医源性疾病"，这种病是因为医生不当的举止言辞而引起的。一个人本来没病，却怀疑自己有病，碰巧遇到了一个言语粗暴、工作马虎的医生，轻率地给他下了"癌症"的诊断。那么，这位健康的"患者"，就很有可能成为"恐癌症"的真正患者了。他会情绪激烈波动，思想负担过重，四处奔走求医。这种医者的不当言辞给"病人"带来的恶果，就是因为"病人"接受了医务工作者投射暗示的结果。

暗示的心理作用往往很大，不容忽视。不仅医学上应用暗示作用，各行各业都开始普遍地运用暗示的心理作用。

瑞士有一位艺术家，他为失眠患者塑造了一尊打着哈欠、睡眼蒙眬的瞌睡者的半身塑像。这尊塑像的表情诱惑力颇大，失眠者看着它，不一会儿也连连地打着哈欠，沉沉入睡了。美国的一家电视台，每晚在电视节目结束时，向观众说一声："祝你晚安"之后，便在屏幕上出现了一个无精打采、昏昏欲睡、并深深地打着哈欠的人的图像，帮助观众中的失眠者很快入睡。美国某个城镇的长途公共汽车站，为了使人们在等候长途公共汽车时，不致因为感到时间过长而烦躁恼火，便请来了雕刻家，雕塑了三尊排队候车的石膏像。结果有效地"培养"了乘客的耐心，乘客们不再吵吵嚷嚷地谩骂和提意见了。

暗示可以起积极的作用，也可以起消极的作用。暗示可以分为他暗示和自暗示，也就是说，既可以接受别人（如医生）的暗示，也可以自己暗示自己。运动员在平日训练时和紧张比赛时，都可以经过自我暗示作用而取得优异的成绩；学生在自我暗示下，考试时不怯场，消除紧张、慌乱的情绪，保持正常的以至最佳的情绪状态，从而可以取得好成绩。

用暗示疗法治疗心理疾病时，通常都是用催眠术来进行。因为患者在患病期间，高级神经活动已经处于比较衰弱的状态，经过催眠，就可以使患者的大脑皮质处于暂时的抑制状态，这时给他们各种暗示性的刺激，就会在大脑皮层上产生新的兴奋中心，抑制旧的因精神创伤所产生的症状，慢慢地会使病情好转，消除症状。

进行暗示疗法时，起码要具备两项条件：一、作为暗示者，应当在被暗示者心目中有能使他信赖的较高威望。这样，暗示者(医生等人)在询问过病史和进行检查后，便可以用简短有力、充满信心的语言，对病人进行鼓励和诱导，告诉病人，他的病情会很快好转，最终可以完全根除。这样做法，就可以造成病人迫切期望治疗的心情，从而打下坚信能够治愈的心理基础。二、暗示者本人要有充分的信心，有了足够的信心，才可以和暗示者双方密切合作，取得预期的效果。

有一种情况值得注意，有些暗示由于内容和方法安排得欠妥善，其效果往往会和暗示者本人的主观愿望相反。这是因为接受暗示的人，常常从兴趣出发，对于他感到具体的新鲜的东西特别敏感，从而容易接受其消极影响的缘故。德国法律心理学家柏替在他写的《法律心理》这本书里写道：有些电影包含有犯罪的具体情节，它的目的虽然是告诫人们，不要犯罪，犯罪者最终会得到恶报等。但是，这样的暗示对于青少年的作用很小，甚至不起什么作用。反过来，它倒会暗示给青少年怎样去犯罪，引起"不妨犯一次罪"的冲动等。因为青少年们往往被电影所表现的生动具体、鲜明新颖的形象所吸引，从而着迷于犯罪本身的动作，以及对犯罪行为产生魔力般的跃跃欲试的想象。

法律心理学家柏替的这段话，值得我们深思。在我国，《少林寺》影片放映后，奔赴河南少林寺出家学艺的青少年，一时之间络绎不绝，以致报刊上不得不刊登出劝阻的文章；《大西洋底来的人》电视连续剧播出后，据说报考海运学院的青年剧增；《血疑》电视连续剧播出后，有些女孩子怀疑自己也得了白血病，甚至殉情死去……所有这些，无不说明了暗示心理对青少年的作用。这能单纯责怪青少年幼稚吗？我说不能，因为青少年的心理发展特点中，有一条就是：他们看电影、看电视剧的时候，往往不注意思想性，吸取人们认为有益的东西，而是根据他们的年龄特征去"各取所需"，只注意电影或电视剧里面他们感兴趣的情节。人们常常强调，对青少年观众和读者来说，更应当注意"寓知识性于趣味性之中",道理也就在这里。

你可以发挥主观能动性作用,不跟着外界别人的暗示去瞎跑。暗示,包括暗示疗法,并不是万能的、威力无比的。有些心理健康专家认为,神经比较脆弱的人,最容易接受暗示,这从反面论证了这个道理。

心灵悄悄话

对于青年人本身来讲,当你了解到自己的这种弱点的时候,就应当有意识地抵制消极的暗示影响,冷静地理智地去分析和鉴别真假、善恶与美丑的界限。这一点是完全可以做到的。

紧张——甲光向日金鳞开

"系统脱敏法"

"哪里有压迫,哪里就有反抗!"当你遭到心理压迫的时候,你就要进行"反抗"吧? 那么,有没有什么方法,可以帮助你增强这种抵抗的力量呢? 有的。心理治疗方法里面的"系统脱敏法",就是一种被人们公认为比较理想的提高对于种种心理压力抵抗的方法。

系统脱敏法的理论依据是学习心理学。学习心理学认为,人类的神经过敏不是先天的,而是后天学习到的,是每个人在生活中经过摹仿、暗示等学习而形成的。"过敏"既然可以由学习而得到,那么也就可以再经过学习而消除它、脱掉它。因为敏感说到底,只是人们主观上的一种感觉,一种过于敏锐的感觉罢了。

系统脱敏法的一般做法是:先用轻微的较弱的刺激,然后逐渐增强刺激的强度,使行为失常的患者没有焦虑不安反应地逐渐适应,最后达到矫正失常行为的目的。比如说,你的孩子如果怕小猫、小狗、小白兔等一些小动物,你可以让你的孩子,先从远处观望这些小动物,然后让他(她)逐渐靠近,并且试探着抚摸这些小动物;最后,你的宝宝就会高兴地,也多少有些兴奋地把这些小动物抱在怀里。怎么样? 你的孩子对小动物的"过敏",不就这样经过一个有系统的步骤脱掉了吗? 又如,对于喜欢挑食的孩子(成人也一样),可以慢慢地给他(她)从少到多地,加进他不喜欢吃的食物,用这种方法就能逐渐改掉偏食、挑食的毛病。

系统脱敏法的优点,是它可以让人处在神经比较松弛、情绪比较轻松的状态下;也就是说,在不会产生焦虑、紧张的条件下,逐渐克服、纠正原有的失常行为而改变为正常的常态行为。

系统脱敏法,现在被广泛地应用于临床医疗上,并取得了比较明显的疗效。例如,美国精神病学家雷克斯伦,就用系统脱敏法治愈了一些有变态反应的食物过敏患者。比如,有一个男孩每当吃香蕉时,就有多动性的表现;

另一个女孩由于对动物蛋白质过敏,而经常发生惊厥。雷克斯伦对他们采取逐渐增加食用量的办法,来降低这两个孩子对食物过敏的失常反应,结果成功地治愈了他们的过敏反应。

　　实践表明,系统脱敏法更适合于矫正那些年幼无知,比较容易接受摹仿和暗示的儿童们的失常行为。对于一般成年人来讲,系统脱敏法就往往显得不"灵验"。不过,对于那些容易接受别人的暗示,和喜欢摹仿别人行为的人,还是很有效应的。我认识的一位精神病学专家,他就用系统脱敏法,治好了许多女青年被蛇、壁虎,甚至于毛毛虫、"吊死鬼",还有惊雷声等,所"惊吓"而引起的种种心理失常和行为失常。而且据他讲,不少中年妇女,以至神经比较过敏或神经比较脆弱的男性青年人和成年人,也适宜于用系统脱敏法来矫正某些行为失常。

心灵悄悄话

　　系统脱敏疗法,和已经谈过的自主训练法、疏导法、冥想放松法,都可以统统归在叫作"行为疗法"的这一大类心理治疗类别里。

紧张——甲光向日金鳞开

"格式塔疗法"

　　我猜想,年轻的读者们对于我将要谈的"格式塔疗法",很可能是十分陌生的,而且觉得是很古怪的。什么叫作"格式塔"? 难道是什么名胜古迹的古塔名称吗? 或者是一种什么塔的"格式"? 你猜错了! 这和"塔"是全然无关的。

　　"格式塔"是一种译音。现代西方心理学有一个著名的派别,叫作"格式塔心理学",或者叫作"完形心理学",因为"格式塔"的原意就是"完形""样式"或者"结构""组织"的意思。你也许会发问:干吗"故弄玄虚"地非叫作"格式塔"呢? 干脆意译成为"完形"不就算了。我想请你给以谅解,这倒不是什么"故弄玄虚",因为"格式塔"这个词,在中国心理学上已经"约定俗成",也沿袭使用很久了。而且,我还有个想法,越是让人感到"古怪",反而越会加深印象,记得牢些,你说是不?

　　格式塔心理学是一种比较新的心理学流派。它受现代物理学发展的影响,特别是接受现代物理学中关于物理"场"(如,磁场、电场、引力场等)理论的影响,而发展起来的。格式塔心理学的基本理论认为,人是一个完整的统一体,人们的思想感情等一切心理活动以至人格,都是完整的、有规律的、有适当比例的。他们还认为,人的大脑并不是一个被动的接受者,它能够进行主动的活动。为什么人脑能主动地活动? 这是因为人的大脑是一个固定完形的"脑场",这个"脑场"具有"先天的动力特征"。因此,人们对于外界刺激的知觉也好,适应也好,所有一切的心理活动,就会成为整体的完形趋向。

　　不过,格式塔心理学也并不是十全十美的理论。它的最大缺点就是把"完形"看成是大脑先天固有的特性,把心理现象的内容和外部世界的联系割裂开来,离开了人的生活实践,离开了人和社会环境的交互作用。因此,根据格式塔心理学的原理所创建的格式塔心理疗法,很有些关起门来,闭目静坐,修身养性的味道。

但是，我觉得我们采用这种已被人们证实行之有效的心理方法是为了使我们避免产生心理疾病，和帮助我们更好地保持心理健康，从而更好地适应周围环境，以至改造周围环境，因而也就不必"因噎废食"般地把它完全"批判"掉。在这里我要顺便提一句，我总认为任何一个学派的理论主张的创建和发展，都是全人类智慧的结晶，它们能够存在下去，又延续至今、不断发展，总还是有它可取的地方。只要对我们有益、有用，就不妨拿过来，试试看。

"格式塔疗法"是由美国精神病学专家弗雷德里克·S. 珀尔斯博士所创立的。根据珀尔斯的最简明的解释，格式塔疗法和"生物反馈疗法"一样，都是自己觉察自己。不过，"生物反馈法"是自己对自己的血压的自我觉察，自己对自己皮肤的温度、自己对自己的筋肉的电位的觉察。而格式塔疗法则是比起生物反馈法来更加广泛些是自己对自己疾病的觉察。也就是说，对自己的所作所为的觉察、体会和醒悟。可以说，它是一种自我修养性的自我治疗方法。

格式塔疗法有"九项原则"。这九项原则原是珀尔斯提出来的，现在根据我的理解和体会，介绍如下：

（1）"生活在现在里"。不要老是惦念明天的事，也不要总是懊悔昨天发生的事，而把你的精神集中在今天要干什么上。记住，你现在是生活在此时此刻，而不是生活在明天和昨天里。遗憾、悔恨、内疚和难过并不能改变过去，只会使目前的工作难以进行下去；忧虑未来是一种没有用处的情绪。

（2）"生活在这里"。想着你现在就是生活在这里。无能为力的远方发生的事，想它也没有用。杞人忧天，徒劳无益；惶惶不安，对于事情毫无帮助。记住，你现在就是生活在此处此地，而不是遥远的其他地方。

（3）"停止猜想，面向实际"。你也许碰到过这样的情况：比如在你的工作单位，当你碰到领导或同事的时候，你向他们打招呼，可他们没反应，连笑一笑都没有。如果你因此而联想下去，心里嘀咕，他们为什么要这样对待你？这个人是不是对自己有什么意见？对自己存有戒心吗？轻视自己吗？甚至会联想到他是不是敌视自己？其实，也许你没有料到，你向他打招呼的这个人，可能心事重重，情绪不好，正在想着家里面发生的事，或者什么不愉快的事，没有留神注意你向他打招呼罢了。因此，不必因为他对你打招呼没作出反应，就想入非非。

胡乱猜想推测是毫无意义的。很多心理上的纠纷和障碍,往往是因为自己没有实际根据的"想当然"所造成的。你可不要庸人自扰啊!

(4)"暂停思考,多去感受"。现代化社会要求人们多去思考,而少去感受。人们忙忙碌碌地整天里想着的,就是怎样做好工作,怎样考出好成绩,怎样搞好和领导与同事的关系等。绞尽脑汁,耗尽脑力,因而往往容易忽视或者没有心思去观赏美景,聆听悦耳的音乐等。格式塔疗法的一个特点,就是强调作为思考基础的"感受",比起思考本身更为重要。没有感受就无从思考。感受可以调整、丰富你的思考。而且,人终非一台计算机,不能白天黑夜地在那里总是计算个没完。人不是机器,人需要用感受来滋润自己的心田。

直觉思维是人的一种非常宝贵的心理品质,但是,由于现在人们过分地强调逻辑思维,就往往被人们忽略了。可怕的后果将是使人们变成一台失去情感的机器。

(5)"也要输进不愉快的情感"。人们通常都希望有高兴的快乐的等愉快情感;而不愿意接受那些忧郁的悲哀的凄凉的等等不愉快情感。但是这却不是正确的态度,因为有高兴,就必然地会有悲哀;相反地,有悲哀,也就会有高兴。愉快和不愉快,不仅是相对而言,同时也是相互存在和相互转化着的。因此,正确的态度是:首先,应该认识到,既有愉快的,也有不愉快的情绪,其次,要有接受愉快情绪,也要有接受不愉快情绪的思想准备。

如果一个人长年累月,总是愉快、兴奋,那反而是失常的现象,也许说不定患有躁狂症。

(6)"不要先判断,先要发表意见"。人们往往容易在别人稍有差错或者失败的时候,就立刻下结论,讥讽别人能力差或者"笨蛋"等。很多时候,实际情况并非如此,因为人们的判断经常是错误的。因此,你的任务首先是充分表现自己的观感或情绪,把你的意见充分地表达出来。

格式塔疗法认为,对他人的态度和处理人际关系的正确做法应该是:先不要判断,先要谈出你是怎样认为的。这样做,就可以防止和避免与他人的不必要的摩擦和矛盾、冲突;而你自己也可以避免产生无谓的烦恼与苦闷。

(7)"不要盲目地崇拜偶像和权威"。比如,在宗教上树什么教祖,成为什么教派的狂热信徒等,这都不好。在现代化社会里,新兴的宗教最容易出现什么教祖,教徒们把他的一言一行都认为是"金口玉言",狂热地、无条件地信奉他和遵守他的旨意。现代化社会里,有很多变相的权威和偶像,它们会禁锢你的头脑,束缚你的手脚,比如,学历、资格等。格式塔疗法对这些,一概持否定的态度。

我们不要盲目地附和众议,从而丧失独立思考的习性;也不要无原则地屈从他人,从而被剥夺自主行动的能力。

(8)"我就是我"。不要说什么:我如果是某某人那该多好;我若是某某人我就一定会成功,等等。你应该从自己的起点做起,努力地充分发挥自己的胜任潜能。既不必怨天尤人,也不必想入非非,要脚踏实地,从我做起、从现在做起,竭尽全力地发挥自己的潜能,做好我能够做的事情。最后的目标和信念应该是:"我就是我自己",比、学、赶、超过的全都是我自己。

格式塔心理疗法的这个第八条原则,使我不由得想起,日本电视连续剧《姿三四郎》里面的那位德高望重的老和尚。他曾屡屡教导一代武林高手姿三四郎说:"悟性就在你的脚下!"我想我们可以把老和尚这句富有哲理性的格言,理解成为:你就是你自己,你应该脚踏实地地从我做起,去掉万般千种的担忧、顾虑、嫉妒、羡慕等无谓的烦恼,面壁苦练过硬的本领,最终必获成功。

(9)"要对自己负责"。人们往往容易逃避责任。比如,考试成绩不好,会把失败原因归罪为自己的家庭环境不好、学校不好;工作不好,会推诿说领导不力呀,条件太差、等等。把自己的过错、失败都推到客观原因上。格式塔疗法的一项重要原则,就是要求自己做事自己承担,自己对自己要负责任。

自从珀尔斯提出了格式塔心理疗法之后,在国外有不少从事心理治疗的学者、专家和教授们,经过临床上的实际运用,又不断地有所创新,做了种种不同的理解和解释。比如,日本东京大学分院心理治疗内科的石川中副教授,他把格式塔疗法进一步具体化为下面这样三条,他认为在日常生活中,这三条也是保持心理健康的有效方法。

①"节奏"。因为人体无论是心脏或呼吸,都保持着一定的节奏,因此,人们在日常生活中必须要有节奏,这对心理健康是非常重要的。早起早睡,从星期一到星期六(在日本和欧美是到星期五)学习或工作,星期天(或者再加上星期六)松弛;三顿饭定时、定量……这样井然有条,有秩序、有节奏地进行下去。如果因故打乱,就要及时调整。

②"松弛"。人们不能松弛的原因，就是因为没有遵守我们在上面讲的第二条原则"现在，在这里"。比如说，考试的前夕，如果你总是惦念着考试，那你就会睡不着；如果你能遵守"现在，在这里"的原则，你就会认为还是睡下去的好。也就是说，先不必去管明天要发生的事。另外，对往事不必追悔也很重要。如果你想检讨、反省、总结昨天的失败，那你就应该在昨天检讨、反省、总结它。

③"开放"。敞开胸怀，把你胸中的积闷全部释放出来，有些不好讲的个人隐私或心事，可以用唱歌、画画、弹琴等方式发泄出去。总之，什么事都不要闷在心里。

我在开头的时候，曾经讲过，格式塔疗法的特点就是根据你自己可以觉察到自己的疾病的原理，自己去调节、控制、把握你自己。通俗讲来，格式塔心理治疗方法是一种修身养性性质的自我控制的方法。这种疗法在临床实践过程中，还在不断地发展着。据此，我认为对珀尔斯所提出来的九条原则，还可以补充一条，那就是，每个人都要"正确地自我估计"，也就是说，要把自己摆在准确的位置上。

在日常生活里，有句大家爱讲的通俗老话："干什么吆喝什么！"你卖梨就不能喊你是卖苹果吧？你干哪一行业，你就得守"本分"地尽心竭力地去做好那一行业的工作。因为我们每个人在社会当中，都在充当某一种"角色"，这当然不是狭义地指演戏那种"角色"，而是广义地指你的"身份""地位"说的。你若是病人是患者，那你住院或者治疗的时候，你就得听医生的话，因为你处于"病人角色""患者角色"的位置上。每个人在整个社会中，都占据着一个特定的位置，所以你就得按着这个特定位置的要求去履行你的权利和义务，因为你所"扮演"的角色给你规定了这种权利和义务的规范。你如果不按照社会一致公认的和大家都共同遵守的这个规范去做，那你就会受到社会和他人对你的谴责和反对。比如，做父母的应该抚养、教育自己的孩子；做儿女的应该孝敬父母，当父母年老体弱或者失去劳动力、患病的时候，你应该赡养、护理他们等。

在日常生活当中，人们必须按照不同的、特定的"角色"去履行你的"职责"，否则就会产生种种冲突或挫折。比如说，你在工作单位可能是位领导，就象苏联著名电影《莫斯科不需要眼泪》里面的那位女主角，她就是一家大工厂的厂长；但她回到家里，却又是她女儿的母亲，就需要抚养、教育她的女儿;她对她心爱的未来第二个丈夫,就不能再动不动地要厂长那一套威风,用严厉的口吻训斥他:"你应该这样做! 你不应该那样做!"然而因为她违背了社会心理学里的"角色理论",结果掀起了一场轩然大波,险些造成悲剧,使她痛苦万分,几乎陷于悲观绝望的精神分裂状态。

你看,我们从心理健康的角度出发,不把自己的位置摆正成吗? 又比如,根据报刊的资料介绍,被人们誉为"铁女人"的英国当代首相撒切尔夫人,当她离开了首相府回到家里的时候,她照样下厨房做饭,在家里表现出她是个"贤妻良母"。

因此,我想强调两点:(1)每个人都由于时间、地点、情境等不同的条件,会有许多不同的角色。既然角色变了,就得"扮演"好不同的角色,这样做,心理才会健康,不至于发生种种不必发生的矛盾和冲突。

(2)如果你在认识、情感和意志行动上,转不过弯子来,始终坚持某一种角色(往往是坚持你认为对你说来,能施展权力的那个角色),而不是按照你不同的地位,去实现人们期望你应表现的行为,那就要坏事了,准出纰漏不可。弄不好,就兴许使你轻则导致心理不健康,重则还会染上心理疾病。

心灵悄悄话

人们不能松弛的原因,就是因为没有遵守我们在上面讲的第二条原则"现在,在这里"。比如说,考试的前夕,如果你总是惦念着考试,那你就会睡不着;如果你能遵守"现在,在这里"的原则,你就会认为还是睡下去的好。也就是说,先不必去管明天要发生的事。另外,对往事不必追悔也很重要。如果你想检讨、反省、总结昨天的失败,那你就应该在昨天检讨、反省、总结它。

紧张——甲光向日金鳞开

　　睡眠往往是一种无意识的愉快状态，通常发生在躺在床上和夜里我们允许自己休息的时候。与觉醒状态相比较，睡眠的时候人与周围的接触停止，自觉意识消失，不再能控制自己说什么或做什么。处在睡眠状态的人肌肉放松，神经反射减弱，体温下降，心跳减慢，血压轻度下降，新陈代谢的速度减慢，胃肠道的蠕动也明显减弱。这时候看上去睡着的人是静止的、被动的，实际不然，如果在一个人睡眠时给他做脑电图，我们会发现，人在睡眠时脑细胞发放的电脉冲并不比觉醒时减弱。这证明大脑并未休息。

良好的睡眠可以缓解紧张

改善睡眠质量

就和每个人的饭量不一样，每个人所需的睡眠时间也是不同的。不能以睡眠时间长短来评判一个人是否有充足的睡眠。只要醒后精力、旺盛，头脑敏捷，那就是睡好了。有的人睡眠质量很差，不是多梦就是早醒，这种睡眠就是很长，白天还是没精打采。

睡眠是大脑的机能，我们能够支配自己的睡眠，如果说意识是人脑的机能，那么，睡眠也是人脑的机能。我们说话、走路、吃饭，是我们大脑中特定的运动中枢的机能，我们感觉到冷、暖、疼、痒是我们大脑中特定的感觉中枢的机能。同样对于睡眠，仍然是中枢神经系统的主动机能。睡眠不是像我们许多人认为的那样，是一个被动过程，现在认为它是一种主动行为，而且被非常精确地控制，并不是简单的没有觉醒。但是人们至今并没有发现有一个固定的睡眠中枢。

睡眠机制和广泛的脑活动有关。人的中脑中存在一个结构叫网状上行激动系统，当然要比我们这个电脑网络复杂得多。如果网状上行激动系统在大脑皮层的作用下，产生抑制，就进入了睡眠。而大脑皮层是我们人体的最高司令部，所以说睡眠是受我们的意识控制的，也就是说，如果睡眠发生，必定是我们想睡，如果我们不想睡，我们也可以控制住自己不睡，就像我们村上有一个家伙玩电脑游戏三天三夜都把眼睛睁得大大的而不知疲劳。当然，大脑皮层对网状上行激动系统的控制能力每个人是不一样的，控制的失调，就产生各种睡眠紊乱，如失眠。睡着了以后，如果没有特殊情况，我们还会醒来,因为我们当然不会永远睡下去。那么,睡眠是怎么结束的呢？这是因为我们的脑子里有一个生物钟,可能和一个叫松果体的神经核团有关,这是人体内的一个天然时钟,它以 24 小时为一周期,其精确度可达 1%,每天的误差不超过 5 分钟,这就是许多人在闹钟响之前就醒来的原因。除了生物钟唤醒睡眠外,外界或内在的较强刺激也有同样的作用。如强光,强声,作用于内感受器而产生的尿意、便意,都能使人醒来。

人与人相比每天所需的睡眠时间是大大不同的,平均大约是 8 小时,有的人可能需 4～5 小时就够了,健康人中大约有 10% 属于这种情况。有 15% 的人睡眠超过 8 小时甚至更多。在人的一生中的不同阶段,睡眠时间也不一样,刚出生的婴儿每日需睡 16 小时以上,随着时光的推移,小孩长大的过程中,睡眠时间逐渐减少,青年期约需 8 小时,比成年人相对长一些;成年人阶段,每个人稳定在其特有的睡眠习惯上;一般进入老年期后,睡眠时间逐渐减少,如果成年人或老年人的睡眠多于 10 小时或少于 4 小时,则应考虑这个人是不是有什么毛病,需到医院检查。此外,同一个人的不同时期,由于生理状态的变化,所需的睡眠时间也会有所增减。如女性的月经期睡眠时间可能会多一些,孕妇常常需要每日超过 10 个小时的睡眠。重体力劳动或体育运动后睡眠时间一般延长,而过度的脑力劳动却常常使人睡眠减少。所以说,人究竟需要多少睡眠时间,不可一概而论。

睡眠是怎么一回事

在有人类存在以来的漫长历史长河中,绝大多数时间内,人们都是日出而作,日落而息,睡眠是生理必需的,是司空见惯的一种现象,受科学技术水平的限制,极少有人对睡眠本身作深入思考和研究。直到 12 世纪,才有美国科学家对睡眠开始进行科学研究,之后许多国家的科学家也加入这一领域的研究。

简单来说,人的大脑皮层神经细胞,当由于不断的工作而疲劳时,就由兴奋状态进入抑制状态,抑制从局部逐渐向周围扩散,当抑制达到一定范围时,就进入了睡眠状态。具体地说,在脑干的中央部位,有许多散在的神经细胞,它们通过神经纤维相联接,交织如网,称为"网状结构"。它的功能是激动整个大脑皮层,维持大脑皮层的兴奋水平,使机体处于觉醒状态。当它向上的冲动减少时,大脑皮层神经细胞的活动水平就降低,由兴奋转入抑制,人就处于安静或进入睡眠状态。

睡眠的机制目前还不清楚。自从 1957 年美国的两位科学家开始采用记录脑电波变化的方法研究睡眠后,根据对正常人在睡眠过程中脑电图的观察,发现睡眠过程中有两种相互交替出现的状态,先是一种表现为振幅大、频率慢的波,称为慢波睡眠。此时呼吸深慢而均匀,脉搏血压较稳定,脑垂体分泌的"生长素"增加,促进身体的合成代谢,使体力得到恢复,因而也有人称之为"身体的睡眠"。之后脑电图上出现频率快的波,称为快波睡眠。这时,眼球快速运动,脑血管扩张,脑血流量比慢波睡眠时多 30% ~ 50%,脑细胞代谢旺盛,使脑力得到恢复,因而有人称之为"脑的睡眠"。这两个过程大约需要 2 个小时。之后,再重复出现这两个过程,两者反复交替,一夜中 4 ~ 5 次。在不同的年龄阶段,快波睡眠和慢波睡眠所占的时间比例不同,成人快波睡眠的时间约占整个睡眠过程的 1/4,老年人睡眠时间减少,快波睡眠时间所占的比例也减少,而儿童期快波睡眠时间的比例可达 1/2,因而对大脑发育有利。

心灵悄悄话

睡眠是一种主动过程,睡眠是恢复精力所必须的休息,有专门的中枢管理睡眠与觉醒,睡时人脑只是换了一种工作方式,使能量得到储存,有利于精神和体力的恢复;而适当的睡眠是最好的休息。

睡眠的类型与其他

不同的人,其睡眠习惯也不一样。根据入睡和起床时间,大致可以将睡眠分为以下几种类型:

(1)早睡早起型:夜里 10 点上床,早上 5 点左右起床的类型。这种类型的人比较符合我国传统,一直被视为一种健康的睡眠模式。这种人在中午前精神特别好,下午稍差,中午若能适当午睡,则可改变这种状况,使全天精力充沛。

(2)早睡晚起型:夜里 10 点上床,早上 7 点以后起床的类型。这种类型由于睡眠时间长,因此,入睡较迟,熟睡时间相对较短,整夜睡眠比较浅。白天的精神较好,傍晚或晚饭后,则开始变差。

(3)晚睡早起型:这种类型的人通常在深夜 12 点以后上床,早上 6 点左右即起床。这种类型的人一般容易入睡,睡得也很熟,但早上睡眠变浅。白天的精力不如晚上,大多在夜间从事自己喜欢的工作或活动。这些人过早上床也无法入睡,反而容易造成失眠,因此,当过集体生活时困难比较大,需要逐渐调整睡眠节奏,改变睡眠类型。

(4)晚睡晚起型:即"猫头鹰"型睡眠,通常夜里 12 点以后上床,早上 9 点左右起床。这种类型的人多数有睡眠不足的感觉,整个上午都会感到头脑不清醒,精力不充沛,下午会稍好些。

无论哪一种睡眠类型,都是经过长期适应养成的睡眠习惯,而不是与生俱来的,因此,睡眠类型是可以改变的。最明显的例子是学生在校期间和走上工作岗位之后,睡眠类型会发生较大改变,原因是环境变了,主客观要求也变了。

尽管睡眠是一种个人行为,但工作性质和环境条件对睡眠都有影响,因此,适应或选择何种睡眠类型,还要根据自己的具体情况而定。

睡眠是基本的生理需要

在自然界的万事万物中,运动和静止是一个统一的整体,在不断变化中达到新的平衡是它的一个显著特点。作为万物之灵的人类,其自身的许多方面也同样体现了自然界的这一法则。

人的生存需要能量,包括各种形式的能量,如活动需要机械能,维持正常体温需要热能,神经传导需要电能等。这些能量的获得都是通过新陈代谢作用把食物消化分解为人体能够吸收利用成分并储存在人体中,这些成分即是借人体完成生命活动的能量。

储存能量和消耗能量是人体生命活动中两个同时进行的过程,只不过两者在数量上时大时小。白天人处于活动状态时,能量的消耗是主要的;夜晚人处于睡眠状态时,人体的各种生理活动减弱,能量消耗大为减少,此时体内的能量储存大于消耗,积累的能量为第二天的活动做好了准备。因此说睡眠是人的一种生理需要。

人的睡眠时相

人们的睡眠是由慢相睡眠(NREM,又称正相睡眠和慢波睡眠)和快相睡眠(REM,又称异相睡眠或快波睡眠)两种睡眠相互交替出现而组成的。在正常的成年人,一个夜间约8小时的睡眠时间内,这两种睡眠相要循环交替3~4次。

医学家们通过观察研究人们睡眠发生的形式后,把睡眠分成了主动睡眠和被动睡眠两种睡眠形式。

熟睡中的人有意识吗

人们往往认为人在睡觉时意识就完全丧失了，其实不然。睡眠并不是完全没有意识的，因为在醒来以后可以诉说梦境，而且有的人在做梦时还会提醒自己："这是不是在做梦？"所以睡眠时意识并不是完全丧失的。同时，睡眠也并不是完全处在休息静止状态的，因为有时在睡觉时，人可以起来走路。有的人出现梦游，就说明了人在睡眠当中，他的意识并没有全部消失。睡眠中也不是完全没有感觉或者所有的感觉都变得迟钝了，表面上看人是睡着了，外面很大的声音都可以听不到，但是一个在哺乳的母亲身边的婴儿只要稍微动一下或哭一声，她就可以马上醒来；在前线十分疲劳的战士，靠在战壕边熟睡时，外面的枪炮声可能都不能使他醒来，但是只要喊一声"敌人上来了"，熟睡中的战士马上就能跳起来投入作战。所以就整个睡眠来说，睡眠并不是人们所想象的那样，大脑的神经细胞全部都处于休息静止状态。

睡眠与记忆的关系

人们睡好了头脑自然也就感到清晰，反应敏捷，不紧张，记忆力亦好。可是连续几夜睡得不熟不深，早上起床后就会有头沉或晕、反应迟钝、记忆力下降等反应。这一现象大多数有过睡眠不足经历的人都会有这种体验。从医学科学角度讲，已有大量的实验研究与临床研究资料表明，如果将睡眠剥夺，尤其是将深度睡眠剥夺后，人们就会出现注意力不集中、记忆力下降。

有人用大鼠做过这样一个实验：利用灯光作为信号，亮灯几秒钟后给穿梭箱通电，通过金属栅条刺激放入梭箱内的大鼠，大鼠受电击拼命奔逃，最后发现一个洞，钻过去就进入外观相似但不通电的安全区。经过十几次重复，大鼠学会了一看到灯光就立即从洞钻过去进入安全区，以此躲避电击，这就是学习过程。间隔一段时间再重复实验，如果仍能一看到灯光立刻钻洞逃入安全区，则证明大鼠还有记忆。如果在训练后3个小时内将快波睡眠剥夺掉，大鼠学习成绩会变得很差，记忆时间也缩短，由此可见快波睡眠与学习记忆有明显关系。

从这项实验研究中可以看出，只有睡好了才能保证有较好的学习成绩和记忆力。学生家长，为了使孩子学习成绩更好一些，一定要把孩子的睡眠安排好。

考试前晚要有充足的睡眠

下面引用一则睡眠实验室的报告来说明这一问题。

实验是先让受试者在实验室睡眠5小时，于清晨4时30分唤醒起床，使观看一组线条画卡片，这些卡片上画的是日常能见到的东西，诸如日、月、星、衣、鞋、帽、猫、狗、羊之类，卡片让受试者观看两遍后，要求他们凭记忆写出看见过一些什么东西。接下来让受试者上床再入睡两小时。在这最后的两小时睡眠中，快波睡眠占有最大比例，这就便于考察做梦对于记忆是否能产生有益影响。果然，凡是在最后两小时睡眠中有梦的快波睡眠占有相当比例的受试者，均未出现记忆下降，甚至还有所增强，他们能够回忆出的画片数目不少于两小时以前，甚至比两小时以前能回忆出更多的画片。有一些受试者在最后两小时睡眠中未能继续原来的睡眠周期，于是完全是非快波睡眠，没有做梦，这些受试者都出现了记忆下降，他们能够回忆出的画片数目都比两小时以前减少了。还有一组受试者，测验程序相同，但是最后两小时不让睡觉，结果也出现了记忆下降，第二次能够回忆出的画片数目比两小时以前减少。

实验说明有梦的快波睡眠有益于记忆，能阻止新近记忆后最初两小时内的遗忘过程。这一实验也说明了在学生考试前开夜车学习的效果不好，反而更有碍于学到知识的记忆巩固。因此，在学生考试前一定保证足够的睡眠,尤其是有梦的快波睡眠必须充足。

充足的睡眠对身心健康有益处

无论男女老幼,睡眠对生活在世上的每一个人来说,都是必不可少的。睡眠对人类的身心健康有哪些积极的作用呢? 主要有以下几点。

(1)消除疲劳:在日常生活中谁都知道,在身体状态不佳时,或在剧烈活动后感到疲惫不堪时,如果能美美地睡上一觉,则体力和精力就会很快得到恢复。这是因为人体内各组织器官,都处于不断的生理活动过程中,一方面消耗大量的营养物质,另一方面也积累起来大量的代谢废物,这些废物如乳酸等,当积累到一定程度,人就会感到疲劳,这是人体神经系统对体内代谢废物积累所作出的保护性反映,此时如果不停下来休息,就会使人体生理功能受到伤害,神经系统调节失灵,人体的抵抗力也会有所下降。

(2)防病祛病:有规律的生活起居,对于一个人的健康有着许多的积极作用。充足适宜的睡眠既可预防疾病的发生,也能在已患疾病时促使病情减轻与好转。先从预防疾病的方面来说,有一个很能说明问题的实验:用两组猴子,一组是疲劳状态下的猴子,一组是不疲劳的猴子,同时都注射等量的致病菌。结果疲劳组的猴子被感染患了病,而不疲劳的猴子却安然无恙。可见,充足的睡眠与休息对于预防疾病的发生有着十分重要的意义。

当一个人患了某种病或者感冒发烧时,在民间的一般处理方法是先让病人睡上一觉歇息一下,病人一觉醒来后多数也能觉得轻松了许多。这其中不是没有道理的。美国哈佛大学科留卡博士认为,哺乳动物能把体内细菌制造的胞壁酸储存在脑内,促进睡眠,以保证人体正常休息的需要,这一点在患病时尤为重要。当人们患病后,细菌再生的胞壁酸就会增加,从而使睡眠增加,随之机体的免疫过程也相应增加,从而有利于疾病的痊愈。

(3)促进发育:对于一个处在生长发育时期的少年儿童来讲,身体发育状况的好坏,与睡眠质量的好坏有着颇为密切的关系。少年儿童的生长发育是由生长激素控制的,生长激素分泌得充足,则孩子发育的就好一些,如果生长激素分泌减少,则孩子的生长发育就会迟缓。这种有促进生长发育作用的生长激素,多数是在睡眠过程中分泌出来的,醒来以后则分泌减少或停止。所以,要想使少年儿童能很好地生长发育,就必须让他有足够的睡眠。

(4)提高智力:一个人工作效率的高低,对事物接受与反应的敏捷度,以及记忆能力、思维能力等,均与他的睡眠好坏有十分密切的关系。尤其是年龄尚小的学生,其智商的高低,学习成绩的优劣,与睡眠充足与否的关系更为密切。有研究资料表明,7~8岁小学生的学习成绩,明显地与他们的睡眠时间长短有关。那些每天睡眠少于8小时的孩子,61%的人学习差,有的还跟不上班,39%的人勉强达到平均分数线,但没有一个是名列前茅的。然而,在每晚睡眠时间达10个小时左右的孩子中,只有13%的人是功课较差的,76%的孩子学习成绩中等,11%的孩子则学习优良。表明了孩子的睡眠与他的智力发展密切相关,因此,每位小学生的家长,为了使孩子学习成绩更好一些,一定要先让孩子睡足觉。

(5)延长寿命:在一个人的一生当中,大约有1/3的时间用于睡眠,这对于一个珍惜时间的人来讲好似是一个时间的浪费,其事实却不然。一个人如果没有充足的睡眠,则可使他的寿命明显缩短。现代科学研究证实,人在睡眠中身体内一切生理活动均会减慢,处于恢复和重新积累能量的过程。如果长时间的不睡觉或失眠,轻者可造成神经系统功能紊乱,使机体免疫功能下降,重者可导致衰亡。有人在化验睡眠不足者血液时发现,其血浆总脂,β-脂蛋白和胆固醇增高,这是动脉硬化的主要因素。美国加利福尼亚大学心理学教授柯立普克对100万名美国人进行了长达6年的追踪调查,结果发现,每晚平均睡7~8小时的人寿命最长,睡眠时间超过或低于这个平均数越多者,提早死亡的可能性就越大。如成人睡眠每天不足4小时,其死亡率比每天睡足7~8小时的人高180%。柯立普克教授研究的结论是:适度的睡眠有利于延长寿命。美国圣地亚哥的克利布凯教授领导的一个研究小组,通过调查了100多万人的研究,他们也发现,30岁左右的人,一天睡眠时间如果低于5小时,他们的死亡率要比睡眠正常的人高10%;60岁以上的老年人,睡眠时间过多,也会影响他们的寿命,这一点在有关条目中还要详细介绍,不予赘述。

事实上,睡眠对健康的积极作用还有许多,这也正是古人"不觅仙方觅睡方"的原因所在。

良好的睡眠因人而异

　　一个健康的成年人一天24小时内应该睡多长时间才能确实保证健康的需要,这是人们比较关心而有众多的科研人员注意研究的问题。这个时间从有关资料介绍的情况和人们的具体实际看,很难硬性地制定,只不过是大概而言。

　　有一项百万人的问卷调查发现,成年人每天睡眠时间在7~9小时范围内者占绝大多数,约为80%。另一项800人的调查结果为,平均睡眠时间为8.5小时。实际当中还有一些长睡眠者,他们一天的睡眠时间要在10~11小时,但这种情况仅占总人数的1%~2%。世上也有个别短睡眠者,他们每天只睡3~5小时,即能保持旺盛的精力。

　　如法国历史上那位科西嘉岛出身、曾威震世界的人物拿破仑,拿破仑一天只睡3个多小时,通常晚上11点上床睡到凌晨2点,起床后在办公室工作到清晨5点,然后再睡个短觉到7点。这位小个子法国皇帝异常活跃,几乎是一刻也不能安静,总是精力充沛地工作着,拿破仑工作效率极高,他有一句口头禅:"在我的字典里没有"不可能"这个词。"

　　又如第二次世界大战时,英国的首相丘吉尔也是位短睡眠者,每天睡5~6小时,他是个晚睡型短睡眠者,工作到凌晨3~4点钟才上床,到8点钟又开始照常工作,然后中午睡个午觉。丘吉尔一生成果卓著,是有名的政治家、军事家、外交家,同时又是伟大的文学家,曾经获得诺贝尔文学奖。再如美国的大发明家爱迪生,他也是位短睡眠者。中国人民将永远怀念我们的好总理——周恩来,中南海西华厅的灯光彻夜不灭,总理日夜为国为民操劳,虽然并无明确记载,但据周围工作人员的回忆,总理每天只能睡3~4个小时,难怪工作人员都看不下去了,出于对总理的敬爱和心疼之情,贴出了一张特殊的大字报"总理,我们要造您一点反"。总理是位天才的政治家、军事家、外交家、诗文造诣也很高,尽管他睡眠如此之少,但给我们留下的印象总是那么神采奕奕、思路敏捷、气宇轩昂。以上这些伟大的人物占总人口数的比例很小,像这种超短睡眠的人也的确很少。他们当中有些是先天性的,有些是后天形成的,很可能也有遗传因素参与。

　　总而言之，睡眠时间是因人而异的，并无法制定一个绝对时间，通常我们所说的每天要睡足 8 小时只可作为平均参考值理解。

心灵悄悄话

　　目前有不少学生在考试准备阶段，为了提高考试成绩，加强对所学知识的记忆，总是牺牲休息时间来死记硬背。其实这种方法并不可取，虽然当时是记住了，可到了考场上一紧张就想不起来了。这是由于睡眠时间减少，尤其是快波睡眠（即有梦睡眠）大量减少，使所学知识不能巩固记忆的缘故。事实上，牺牲了休息时间去死记硬背，倒不如先睡足觉以后再学习的效果好，正如俗语中所讲："磨刀不误砍柴工。"

第八篇　消除紧张，练习松弛法

心理素质是一个人综合素质的基础。培养过硬的心理素质对于现代人来说非常重要。随着社会的进步，高科技突飞猛进的发展，人们的生活节奏日趋加快，社会竞争越来越激烈。优者生存，劣者淘汰，使得人们面对不断变迁的事物时常出现不知所措的紧张心理。这是社会文明的必然产物，但又是适应社会和环境必须克服的心理状态。对大多数人而言，生活就是一连串的紧张和压力，因为我们的宁静早就被永无止境的成就、欲望所吞噬了。故人们常患张有余而弛不足。

松弛法介绍

肌肉松弛法

相信很多人试过在感到疲倦、腰酸背痛或坐得太久时会伸懒腰,以求有舒畅的感觉。事实上当身体在一个固定的姿势下维持数 10 分钟后,身体有部分肌肉会感到疲倦,这与肌肉互相张弛运作机制有关。所以就算是在睡觉时,身体通常也会自然地转换不同的睡姿,以确保各组肌肉皆有休息放松的机会,不然起来时,身体某部分的肌肉会感到酸痛。伸懒腰之所以会带来一阵舒畅的感觉,是因为当我们伸懒腰时改变了本来身体的姿势,当两手缓缓向外伸张转动时,令部分收紧的肌肉放松,而且亦同时会深深地呼吸一口气,把呼吸节奏舒缓过来。将这种伸懒腰的本能配合肌肉松弛法,便可达到一种更有系统的"伸懒腰紧松法"。像伸懒腰一样,这紧松法只需数秒便完成,但却比一般的伸懒腰较有系统地把全身重要部分的肌肉也顿时放松过来。

首先找一张结实的椅子坐下来,深深地吸入一口气,将四肢肌肉慢慢收紧(方法是手握好并拉向肩膀,脚向前伸直,脚背向前拉直),把肚皮收缩起来,面部肌肉拉紧(方法参照肌肉松弛法——全式)。整套把肌肉收紧的动作在熟习后可以在同一时间一起做,并维持在全身也拉"紧"的状态中 3 ~ 5 秒,其后迅速把所有紧张的肌肉放松(拳头放开,手放在大腿或椅的扶手上,脚自然地放平在地上,放松面及腹部肌肉)。同时呼出忍着的一口气,在这松弛的一刹那,享受一下全身主要肌肉由紧变松的滋味,就像拉紧了的弹簧一下子放松的感觉。这个"伸懒腰紧松法"不但帮助消除疲劳和血液运行,更能减低繁忙生活带来的肌肉和精神紧张，令人精神一振。

"自律松弛法"

"自律松弛法"就是利用人在精神集中时，意念中的自我规律能够影响身体感觉的能力，将身体各部分控制至松弛的理想状态。这理想状态包括了手脚都感觉到温暖而且重，腹部温暖、舒适；额头觉得清凉；呼吸畅顺和心跳速度平均。利用意念去达到手、脚、腹、额头和呼吸的效果是比控制心跳速度容易的，而且对很多人来说已经足以令身心松弛。同时当身体各部分已松弛下来后，心跳亦通常会自然平均。

整套"自律松弛法"的练习，只需约20分钟便可完成，无须安装私人桑拿浴室，亦不用睡眠、休息一整夜后才达致这舒适状态。据笔者的经验，不少人会在练习时不知不觉中睡着了。如有此情况出现，不要太执着，就让自己睡吧，只要能够松弛地休息便好了。

若能经常练习，练习者会对自己各部分的身体温度更敏感，而且熟习此法后便更能掌握调节各部分体温的方法，可以在日常生活里随时应用，例如感到自己心情紧张而引致手也冰冷起来时，便可以运用此法把手的温度改变，而且随之可把精神集中过来，感到松弛并减低紧张的程度。

练习时请跟从以下步骤：

（1）请找一个舒适的位置坐下或躺下来，放松身体、四肢及面部肌肉，能阖上眼睛就更好。

（2）以"基本调节呼吸法"令自己的精神处于较为放松、集中的状态。

（3）把精神、意念集中在其中一只手上，利用你的意念，在心里反复并缓慢地想着："我的手会慢慢变得重及温暖。"在心里说过五遍后，便可在每次呼气时在心里交替说："重"和"温暖"的字眼。只要能集中意念在手中，想着："我的手好温暖、好重。"3～5分钟，便可令它达致意念中的效果。成功地使第一只手放松后，便可以将练习扩展至另一只手，并把意念集中在两只手。在心里反复并缓慢地说着："我一双手会越来越感到重和温暖。"然后如练习单手时那样，在呼气时重复想着"重"或"温暖"，但这时意念是集中在两只手上。亦可利用一些想象，例如把手既温暖又重的感觉比如为两小袋米，两只手就如两袋米颇有分量的感觉。若这部分的练习完成，手会真的感到重和温暖，十分放松，有不想活动的感觉。

（4）当手部的练习完成后，便可以保持着手部的松弛状态，练习脚的部分。把意念集中在双脚，在心里反复地想着："我的双脚会越来越温暖，越来越重。"缓慢地重复数次后，便可在呼气时想着脚很"重"或"温暖"。这样3～5分钟，双脚便会随着意念感到重、温暖及放松。当然亦可想象它们也是像两袋米般，平放在地上，舒服得不想动弹。

（5）当手和脚也感到温暖及重的时候，人的精神已大致放松弛，身体主要的肌肉亦应已放松。这时只要把意念转移到腹部，便不难感到腹部的体温是十分温暖、舒适的。把精神集中到腹部，意念中想着："我的肚子好温暖。"如此重复地想着腹部温暖、舒服的感觉3～5分钟便可。

（6）与其他身体部分有点不同的是，若人要感到松弛、舒服，额头便要有清凉的感觉。要是额头也感到极度温暖，便会有像发热的感觉，甚至使人觉得头晕脑胀，所以当手、脚及腹也松弛下来后，便可以把精神集中到调节额头的温度感，使人感到额头清凉、舒服。只要在心里重复地想着"我的额头感到清凉、舒服"便成。意念中在"额头""清凉"和"舒服"这三方面约数分钟，便能达到理想效果。

（7）练习到了这里，整个人应该已经十分松弛了，呼吸亦已随之变得缓慢和平均。只要把意念集中在感觉："我的呼吸现在很顺畅、平均。"缓慢地在心里重复这提示数分钟便可。

（8）这时要把意念集中在："我的心跳节奏十分平均。"只要精神集中在感应心脏的跳动，而至身体、四肢也会随着这跳动微微地有跳动的反应，便有助这部分的练习，对好多人来说，感应手指或脉搏的平均跳动会较为容易入手。

由于这个"自律松弛法"是利用集中意念在调节体温而达到松弛境界，在练习时四周环境不宜太嘈杂，而且气温要适中，要是外在环境的气温过于寒冷，便难以达到理想效果。初学者可以先尝试调节手部的温度，而且亦可以把意念集中的提示用一把较低沉的声线，以缓慢、平均的速度录在录音带内，练习时跟随着这些提示集中精神便会较为容易，同时亦可帮助计时，避免在练习中想着时间，而分散了注意力。

在练习此法时由于只要坐着便可,不用做任何动作,故可以在办公室休息时间内进行,甚至在交通工具里练习也不会令人感到练习者有什么异样。熟练后需要达到理想效果的时间会减少,甚至只要练习调节手部数分钟便已能相当松弛。练习时,应该保持一个放松的心态,只要顺其自然地把意念集中便可,要是偶尔分了心,无须感到不安,只要提醒自己集中注意便可。

意象松弛法

每个人都会有过做梦的经验,亦会有很多人尝试过从梦中哭醒过来、笑醒过来或吓醒过来的情况。这是因为当人在做梦时会看到或感觉到自己处于一个意象里,而且有时会因为梦中的意象而作出生理上的反应,令人也顿然被这动作弄醒过来,导致醒来时还在哭泣,甚至流下眼泪,或是依然惊慌不已,心跳急促。由于可见幻想力及其创造出来的意象,要是能达到如做梦般,身处其境的境界,身体及其他生理的反应亦会作出相应的反应。

白日梦同样是人在心理上创造意象的常见现象,而且大部分人也会有做白日梦的经验。所谓白日梦,不单只是指在白天做梦,意思还包含了做白日梦的人,不是在睡眠状态中做梦,而是在一个清醒的精神状态下所作的意象,这些意象大多与身处的环境及事物不同。通常做白日梦的内容都是一些我们希望发生的事情,因此很少会有"白日噩梦"出现。例如在教室上一堂沉闷的课时,做学生的可能心里在想着下课后如何安排活动。又或者在会议室内要静听一篇你没有兴趣的报告时,你可能满脑子在回味上星期天与友人共度的快乐时光呢! 所以大部分做白日梦时的感觉都是舒畅、快乐的,仿佛做白日梦是我们心理上的机制,在我们感觉沉闷,但又无法脱身时,为我们在精神上带来一些自由空气。

既然做白日梦有舒缓身心的作用,心理学家亦利用了做白日梦创造意象的特征,发展了这套"意象松弛法"的练习。这种练习法可说是有系统的做白日梦,除了带来畅快感觉外,白日梦的内容及过程是预先计划的,做这个练习时更能达到松弛的效果。

一般意象松弛法都会利用一些舒服、祥和的环境作为意象的内容,然后利用想象力逐步创作出身处那环境时的各种感官意象,例如在海滩的意象中想象享受宁静的鸟语,身体感觉到太阳晒在皮肤上的暖和感觉及嗅到海水的气味等等。只要集中精神在想象身处舒适的意象环境中的各种感觉,整个人便会渐渐松弛过来,恍如真的在那里把身心松弛了。

这个松弛练习在实习时,只要求练习者静静地坐下来,沉醉在松弛的意象或幻想的境界中,因此只要你能找到约20分钟的时间便可以练习。别人可能只以为你在闭目养神,不会令你有尴尬的情况出现。但当然不宜在需要集中精神接收外间资料的场所练习,要不然老师或老板便会用各种方法令你"清醒"过来,到时便不能达到松弛、减压的效果了。

由于很多人也曾有畅游海滩的经验,而宁静的海滩意象通常容易令人感到放松、舒适,这里亦以海滩为意象例子,在进行练习时可跟从以下的程序:

(1)先以"基本调节呼吸法"令精神集中,身体放松对增加想象意象的能力有帮助。

(2)视觉的意象——想象意象会带来的视觉环境,例如想象一个宁静的海滩会有的环境,包括了金黄色的沙粒;蔚蓝色的天空;飘浮于天际间的白云;广阔的海,以及海连天的水平线等。集中精神细心地逐一"看"这海滩的舒适环境,便会逐渐有身处海滩的感觉。

(3)听觉的意象——环观海滩的环境后,便想象在海滩会听到的声音。例如雀鸟的叫声;海滩浪有节奏地涌向沙滩所作出的声音。用数分钟时间来想处于海滩时意象的视觉和听觉。

(4)嗅觉的意象——当人身处海滩时,可能不会特别留意到自己是在呼吸一些有海水气味的空气。在练习意象松弛法时,练习者便有机会在想象中幻想及嗅到这海水的气味。如果在练习者的意象中,在海滩旁种植了很多鲜花,他便可以在练习进行想象嗅到的花的香味了。

(5)触觉的意象——当想象以上三种感官意象完成后,练习者已大致十分松弛在这幻想的海滩里,这时可以随意幻想自己在海滩会接触到的东西,并想象它所带来的触觉感应是怎样的。例如,坐在"软绵绵"的沙上的感觉;给太阳晒在皮肤上暖和的感觉;清风吹过面部及身体各处的舒适感觉;脚踏在细沙上的接触感觉等。

(6)活动的意象——在海滩的意象里亦可作出一些有关身处其境的活

动意象,例如幻想在宁静的海滩中漫步,或是跳进海里以缓慢、平均的速度畅泳一番,或者只在那里躺着休息。这时五官感觉的想象可随着活动的意象发展,直至练习完成为止。

由于这个练习是利用人的想象力所带来的心理及生理反应而设,对那些想象力较丰富的人来说会更容易达到预期效果。而且用来练习的意境最好是一个曾经处身过的地方,不然会比较难以想象。而幻想在那里的活动适宜是自己曾亲身经历过的,同时过往的经历是松弛及舒适的。例如,是练习者曾经在深海潜水,感到十分舒畅,他便可跟随此法的程序,有系统地想象潜水时各种感官的意象,其内容可能与海滩不同,但一样有松弛的效果。

练习者亦可把此练习的程序用录音的形式,作为提示,那么在练习时只要播放录有想象提示的录音带,便有助集中精神,有系统地逐步入意象的境界里。例如,灌录的提示可以是:"我现在可以看到海滩的环境,这里有金黄的沙粒、碧绿的海水等。"这样练习者便可随着自己以往的经验及口味创作出适合自己,度身订做的意象松弛录音带。

感官松弛法

要达到身心松弛的境界,其中最有效的方法,是把人的精神集中过来,抛开平日繁忙,与工作有关的思想。"感官松弛法"便是透过一些令人放松的感官刺激,使散涣的精神、意念收拾过来,使人沉醉在松弛的感官刺激之中。

有趣的是我们不会把传递的信息全部都留意得到,通常是有需要时才把它们"拣选"出来加以分析、留意。这种感官与大脑的合作便得到有"拣选注意力"(Seleetive Attention)的情况出现。这可比喻为感官与精神注意力之间的一道闸门,而它的存在亦十分重要,要不然我们的注意力便会负荷过重,会给过多的信息骚扰,而使自己头晕脑胀,亦难于把精神集中,而专心在一件事情上。

例如当你在阅读本书之际,是需要把精神集中在文字上的,不但要靠视觉,亦要把文字消化、分析,要是同时间你的注意力又集中到书以外的事物,以及周围的声音，身体各处接触点所带来的感觉等，那么精神必然会被分散。都市人的压力，大部分源自紧张的生活节奏及环境，而且资讯达到爆炸的程度。因为有很多刺激各种感官的偏偏涌进来，因而令这个"拣选注意力"的闸口也吃不消。因而接收的信息需要挑选、注意，所以便会出现精神涣散、难以集中的情况。"感官松弛法"便是用来舒缓这种情况的有效方法，在练习此法时，注意力会集中在五种感官其中之一上，这种对单一感官的集中注意，便可以把平日受太多骚扰的精神集中、放松过来。在练习进行时，便会有松弛的效果，若可经常练习，精神便不会那么容易被周围的信息分散，以及避免负荷过重的情形出现。

由于各人对五官感应的能力不同，可以逐一尝试，测验一下自己比较容易接受那种感官刺激带领松弛的效果。熟习后便可以领会到其中的效能及感觉，甚至可以运用你的想象力，去发展一套最适合自己的感官松弛法，亦可尝试把几种的感官松弛法混合来练习，达致相辅相成的效果。在练习"感官松弛法"时，需要借助一些外来的物件来刺激不同的感官，在运用这些借助品时，极有可能会变成是一种乐趣。

心灵悄悄话

人类与生俱来便有五种感官，帮助我们接收外间的信息，它们包括了听觉、嗅觉、视觉、触觉和味觉。这些为我们带来不同感觉的感官是在不停地工作的，在每一瞬间它们都在接收信息，并将信息传到脑袋里。

关键时刻要放松

拿破仑·希尔说过:任何一种精神和情绪上的紧张状态,完全放松之后就不可能再存在了。

心理素质是一个人综合素质的基础。培养过硬的心理素质对于现代人来说非常重要。随着社会的进步,高科技突飞猛进的发展,人们的生活节奏日趋加快,社会竞争越来越激烈。优者生存,劣者淘汰,使得人们面对不断变迁的事物时常出现不知所措的紧张心理。这是社会文明的必然产物,但又是适应社会和环境必须得克服的心理状态。怎样才能克服紧张心理呢?

生活节奏过快,大脑神经常被绷得紧紧的,不敢有半点松懈,生怕自己一松懈,就会被别人超过。但无谓的精神过度紧张不仅于事无补,反而更容易使人在紧张中作出错误的决定。

古今中外的许多领袖和名将,都具有从容不迫、指挥若定的气度和雅量,这使得他们得以屡屡化险为夷、大胜而归。最为令人感叹的是,在"行动的高温"里,成功的领导者仍能保持从容不迫的气度,这种"高温"包括猛烈的批评、巨大的争议、超常的压力,也包括变革的挑战。在这种情况下,能够做到从容不迫,不只是一种勇气,也是一项技巧,更是一种气质,就像巴赫的音乐一样,优雅、大气、澄明,即使是迅疾的旋律,在他那里也是一派从容不迫的气度。

乔丹的心理素质,无论场上、场下都极其出色。赛前,他总是极为放松。在运动员休息室里,人们最常见的一个场面就是乔丹头戴耳机,惬意地躺在长椅上,欣赏音乐。要不就是纹丝不动地坐着,平静内心的起伏,争取把精神状态高度集中。在比赛中间,乔丹显得十分冷静,因为他知道只有冷静才能最大限度地观察情况,发挥水平。最大的爆发力来自最深沉的冷静。正因为放松,造就了一位篮球场上的"天皇"巨星!

乔丹这样说道:"别紧张,放松些,别让生活太难。我经常跟好朋友老虎,伍兹说起这些。学会以高境界的态度看待生活中的喜怒哀乐,这也不失为一种超脱。我认为,年轻的球员们更应学会'为现在而生活',让生活自然发展,遇见困难和挫折,别纳闷,你就这么大能耐,不必苛求生活中原本就子虚乌有的那份'完美'。你还是学会体验过程,如果不知道享受获得成功的历程,那将来的成功就不会显得那般美妙了。感知今天的阳光,明日还会霞光满天。"

要做到放松并不容易,可是作这种努力是值得的,因为这样可以使你的生活起革命性的变化。威廉·詹姆斯说:"过度紧张、坐立不安,着急以及紧张痛苦的表情……这是坏习惯,不折不扣的坏习惯。"紧张是一种习惯,放松也是一种习惯,而坏习惯应该去除,好习惯应该养成。

怎样才能放松呢?是先从思想开始,还是先从神经开始呢?都不是,应该先从放松眼部肌肉开始。

要放松肌肉,就应该先从眼睛开始。把头向后靠,闭起眼睛,然后默不出声地对你的眼睛说:"放松,放松,不要紧张,不要皱眉头,放松,放松。"如此慢慢地重复念一分钟。你是否注意到,经过几秒钟之后,眼睛的肌肉就开始服从你的命令了。

你是否觉得,有一只无形的手把这些紧张的情绪给挪开了。虽然看起来令人难以相信,可是你在这一分钟里,却已经掌握了放松情绪的艺术的全部关键和秘诀。你可以用同样的办法放松你的脸部肌肉、你的头部、你的肩膀、你整个身体。但是你全身最重要的器官,还是你的眼睛。

芝加哥大学的艾德蒙·杰可布森博士曾说,如果你能完全放松你的眼部肌肉,你就可以忘记你所有的烦恼了。在消除精神紧张时,眼睛之所以这样重要,是因为它们消耗了全身散发出来的能量的1/4。这也就是为什么很多眼力很好的人,却感到"眼部紧张",因为他们自己使眼部感到紧张。

拿破仑·希尔提出放松的建议:

(1)随时放松你自己,使你的身体软得像一只旧袜子。如果你找不到一只旧袜子的话,一只猫也可以。你有没有抱过在太阳底下睡觉的猫呢?当你抱起它来的时候,它的头就像打湿了的报纸一样塌下去。印度的瑜伽术也教你,如果你想要放松,应该多去瞧瞧猫。要是你能学猫一样地放松自己,大概就能避免这些问题了。

(2)工作时采取舒服的姿势。要记住,身体的紧张会产生肩膀的疼痛和精神上的疲劳。

（3）每天自我检讨五次，问问你自己："我有没有使我的工作变得比实际上更重要？我有没有用一些和我的工作毫无关系的肌肉？"这些都有助于你养成放松的好习惯。因为疲倦有 2/3 是习惯性的。

（4）每天晚上再检讨一次，问问你自己："我有多疲倦？如果我感觉疲倦，这不是我过分劳心的缘故，而是因为我做事的方法不对。

（5）当你神经紧张时，你可以默念，也可以用平静的声音说道："我要放松，我要放松。放松，放松，再放松！"

（6）神经紧张、疲劳时，给你的朋友、亲人写信，以倾诉你的烦恼，或写信给自己等都可以达到放松的目的。

紧张是一种习惯，放松也是一种习惯，而坏习惯应该去除，好习惯应该养成。要做到放松并不容易，可是做这种努力是值得的，因为这样可以使你的生活起革命性的变化。

现在生活节奏加快，社会竞争日益激烈，人际关系尤为复杂。对大多数人而言，生活就是一连串的紧张和压力，因为我们的宁静早就被永无止境的成就、欲望所吞噬了。故人们常患张有余而弛不足。

不要紧张，放松点！紧张和压力会影响机体的正常功能，是导致疾病和提前老化的元凶祸首。今天的医学界公认，在紧张状态下，机体的自主神经系统就会发动一系列复杂的神经生理和生物化学反应，如会使心率加快、呼吸加强、肌肉收缩增强、血液中儿茶酚胺激素分泌增多等；心理和情感的压力，不仅会引起任何载于书的疾病，也会使你提前进入老年。所谓七情内伤致病，长期的紧张、忧虑、羡慕、嫉妒……那可真会要你的命。例如，《素问·汤液醪醴论》说"嗜欲无穷而忧患不止，精气弛坏，荣泣卫除，故神去之而病不愈也。"

不要紧张，放松点！让忙忙碌碌的身影放松下来，让匆忙奔波的脚步稍作停顿。不要把自己弄得精疲力尽，不要把自己弄成未老先衰。为了不让青春走得太快，请记住休息和放松！有了这样的认识，才会科学地重新安排日常生活的步调。养成良好的生活习惯，如早睡早起，就可以用两脚代替两轮或四轮去上班、办事，换一种方式和心情去欣赏，你会发现沿途很美；也可以不时地让自己陶醉在一本好书中、一首悦耳的歌曲里、一项喜欢的运动中。把烦恼的事暂搁一边，把恼人的人际关系抛开，自行走一段自由自在的路。160岁的希拉力·米斯力摩夫,在回答长寿秘诀时,说:"我在一生中从未匆匆忙忙过。长寿的人都能够享受生活,并且对他人毫无妒意;他的心里没有任何恶毒及怨怒之意,他时常欢喜,却极少吼叫;他日出而作,日落而息;他喜欢工作,而且也知道如何休息。"

美国哈佛大学教授赫伯·本森在经典著作《放松反应》中说:"放松可以立刻减少身体对氧的需求,增加阿尔法大脑波(与创造力有关),降低血中乳酸含量(由骨骼肌的新陈代谢而产生的一种物质,和焦虑有关)和心率。"迪安·奥尼希博士也是放松法的提倡者,他把该法视为著名的"生命选择工程"的五个基本组成成分之一(其他四个为低脂肪饮食、适度锻炼、禁烟、情感支持)。他已经证明,即使是严重的冠状动脉心脏病,也可以用放松法来逆转。中国传统文化、堪称人民大众的健身之宝——太极拳,讲究的是"松、静、自然",其基本练法"调身、调心、调息"都可以归结到一个"松"字上来。

一个在西方通过科学研究,一个在东方通过实践而不约而同找到的"放松",我们认识了它,就是找到了青春永驻的秘密;运用了它,就能平衡张弛,调节生活;拥有了它,就是拥有了人生最宝贵的财富——健康。

放松功

放松功是静功的一种。它是通过有步骤、有节奏地注意身体各部位自上而下,并结合默念"松"字的方法,逐步把全身调整得自然、轻松、舒适,以解除一些紧张状态,同时使"意念"逐步集中,排除杂念,以疏通经络、调和气血,使大脑处于清醒而又安静的抑制状态。

具体练功方法如下。

1. 准备工作。一般在练功前5～10分钟做好准备,可以减少练功中的一些杂念,有助于提高练功质量,使练功顺利地进行。

(1)先使情绪稳定下来,停止原来一些活动,如工作、学习、家务等。

(2)练功场所应选择空气较流通之地,但要注意避免直接吹风,光线不要太强。

(3)周围环境要比较安静,一般应注意避免练功时有剧烈声响发生。

(4)安排好练功用卧床或椅子,力求舒适。

(5)如有必要可先排泄掉大小便,以免影响练功的进程。

(6)松解衣领、腰带等束缚在身上的东西。

2. 姿势(调身)。练功所以要采取一定的姿势,是为了练功者能在练功时身体各部分处于合乎自然生理的状态,便于气血畅通、安静练功,同时不断有本体感觉神经冲动传向大脑,保持良好的神经刺激。常用的姿势有以下几种。

(1)坐式:坐在凳子上,两足平行分开同肩宽,下肢膝部、踝部屈曲90度为宜,两手放在大腿上,含胸拔背,垂肩沉肘,头正直,不仰不俯,鼻尖对准丹田,眼微闭,面带微笑,口轻轻闭上。开始练坐时如体力不够,可以靠坐于椅上。

(2)仰卧位:平卧于床上,头自然正直,枕头高低适宜,口、眼轻轻闭上,四肢自然伸直,两手分放于身旁。

(3)平站式:站立,两脚分开呈平行或八字形(轻度内八字形),距离与肩同宽,膝微屈,以不超过足尖为限,松胯,收腹,提肛,含胸拔背,上肢平举如抱树状,垂肩沉肘,双手掌心劳宫穴相对,如抱球状。头正直,眼睛平视或微露一缝,注视前方目标,两眼轻闭亦可。

亦可右手在上、左手在下(相反亦可),叠放于下丹田前,手心向内;或两手自然下垂分放在身体两侧。各种姿势在应用上各有所宜,其选择和适用可根据下面一些情况来考虑。

①初练者或体力较弱,年老者先采用仰卧式,一般以平坐为宜。

②练功中如感到原来摆的姿势不太舒服,可以移动调整一下肢体或变换一种姿势。

③站式初练每次5~10分钟,以后视体力改善情况逐渐增加。站式可以单独做,也可以与坐式结合做。

3.呼吸(调息)。在练功过程中要进行适当的调整呼吸。呼吸的调整,首先要了解自己的呼吸情况,只有在了解自己呼吸变化情况的基础上,才能进行各种呼吸方法的锻炼。练放松功时一般是以自然呼吸为主,在放松的基础上可在呼气时配合默念"松"。

以原来自然呼吸频率和自然习惯进行呼吸方法称自然呼吸法,适用于初学者和一般练功者采用。随着练气功的深入,呼吸次数会逐渐变慢,呼吸深度逐渐加强,逐渐达到匀、缓、细、长,但要注意不要憋气,勉强拉长呼吸,一定要在自然呼吸基础上达到深呼吸要求。如要进行气功减肥,首先在掌握放松功基础上,掌握腹式呼吸法,先练顺呼吸,再练逆呼吸。如吸气时膈肌下降,腹部隆起;呼气时膈肌上升,腹部内陷,称顺呼吸法。如吸气时收缩腹肌,腹部内陷,小腹隆起;呼气时小腹部收缩,腹部放松,称逆呼吸法。在练气功减肥的腹式呼吸过程中,当腹部内陷时,一定要注意收腹,尽量将腹肌向脊柱方向收缩。这种方法,一般适合于坐式和卧式练功者用。身体比较好的,练站式时,平时是腹式呼吸的人要练腹式逆呼吸法,平时是胸式呼吸的人,要练腹式顺呼吸法,以后再练逆呼吸法。每次练 10～20 分钟后,可改为自然呼吸,以免呼吸肌疲劳。逆呼吸法比较难练,所以要注意呼气的柔和、自然,不要注意吸气,则可使呼吸顺畅。

4.意念(调心)。练功时要逐步做到精神安宁、注意力集中,精神内守入静是气功最基本的功夫,入静越好,效果越佳,反之则差。所谓入静是指一种清醒状态下的安静,无杂念,集中意念于一点,或意守身体某一部位,如"丹田""涌泉";或默念某一词或数,如默念"松""静",使心神不乱,杂念不生,心情舒畅,舒适入静。入静较深时,也即大脑皮层进入抑制状态。在练放松功的过程中,每当一步步地注意放松时,也就是使注意力逐步集中到身体方面的时候。然后在身体放松的基础上,轻轻地注意身体某一部位。通常注意的部位是"丹田"(指下丹田关元穴,脐下 3 寸,腹正中线小腹部处)。

5.放松方法。采用逐步放松来诱导入静,用自然呼吸法来调息,从头到足,从上到下逐步放松。一般采用三线放松法。

第一线:从头部两侧→颈部两侧→两肩→两上臂→两前臂→两手→两手五指。

第二线:从头顶→面部→颈部→胸部→腹部→两大腿前→两小腿前→两足背→两足脚趾。

第三线:头后部→颈项→背部→腰部→臀部→两大腿后部→两小腿后部→两足跟→两足底(涌泉穴)。

按上述放松三线法,反复放松三遍,就可感到轻松安静了。如果感到身体某一部位没有放松,不必急躁,在此部位再放松一下,或任其自然,不必介意。然后在自然呼吸基础上,在每一次呼吸中,吸气时想静,呼气时想松。如此练功十余次,然后再把意念完全集中到丹田处(养功)片刻,再练功默念"静""松"。如此循环进行,这种方法叫练养相间。

可使身体放松、心平气和、杂念排除,达到入静境界。等练到能达到放松状态时,可练腹式呼吸,先顺呼吸,之后再练逆呼吸。

6.练功结束(收功)。气功结束时要慢慢地活动起来,先睁开眼睛,然后

133

搓一搓手,做几节动功,这样更加能使头脑清醒,动作灵活。

7.练功时间和次数。一般气功锻炼每日1~2次,每次20~30分钟。安排在什么时间要从实际情况出发,一般在早上、下午或晚上临睡前,关键在于认真、坚持。

8.有关练气功中的注意事项:

(1)练功时先摆好姿势,并检查一下身体各部位是否自然、放松。如姿势不自然,应纠正之。

(2)对一些不易放松的部位,在功前准备工作中,可先做一些自我按摩。

(3)练功时呼吸要自然、平稳、柔和。往往在初练时如感到呼吸不畅,可以轻轻开口呼吸几次。

(4)思想入静是一个相对的过程,在练功时要注意不要过分硬练,要因势利导,循序渐进。

(5)练气功必须要有信心、决心、耐心与恒心。

(6)练功中如有突然巨响发生,不要惊吓,可先开目镇静一下,继续练功。

(7)练功中如感到某些部位有些温暖,麻电样、酸胀或沉重等感觉,这是练功中常见的反应,顺其自然,不要由于注意这些感觉而中断练功。

(8)练功后感觉头脑清醒、精神舒畅、手脚温暖、四肢轻松等,这是练功效应现象,说明气功已经发挥作用。

(9)学习气功,必须有医师或专家指导,方能迅速收到效果。

心灵悄悄话

放松功是静功的一种。它是通过有步骤、有节奏地注意身体各部位自上而下,并结合默念"松"字的方法,逐步把全身调整得自然、轻松、舒适,以解除一些紧张状态,同时使"意念"逐步集中,排除杂念,以疏通经络、调和气血,使大脑处于清醒而又安静的抑制状态。

第九篇　消除紧张，音乐疗法

　　音乐与人的生活情趣、审美情趣、言语、行为、人际关系等，有一定的关联。故高雅的音乐与低俗的音乐其对人们的影响是大不相同的。

　　音乐是人们抒发感情、表现感情、寄托感情的艺术，不论是唱、奏或听，都内涵着关联人们千丝万缕情感的因素。它对人的心理起着不能用言语所能形容的影响作用。广义上讲，音乐就是任何一种艺术的、令人愉快的、神圣的或其他什么方式排列起来的声音。

　　所以，音乐是使人放松的最好媒介！

音乐可以放松紧张的身心

音乐可以使精神松弛

音律优美的音乐可以帮助听众松弛神经，是一个很多人都经历过的事实。而且亦有研究证明了一些低音较重而着重和谐配乐的乐章，以适度的音量播出时可以令听者达到一个极松弛的境界，但这种放松感觉又与睡眠时有所不同。这时听者的脑电波有异于睡眠时的动态，但同时亦显示出其精神是非常放松的。与睡眠不一样是因为听者并非睡着了，而是依然保持醒着地进入一个集中而又松弛的状态，同时亦在接收音乐给予听觉的刺激。

所谓"音乐可陶冶性情"之说，亦相信与音乐可令人变得安静、祥和有关。但同时，音乐亦可令情绪达致轻松，甚至兴奋的程度。不论是平静或是尽情投入的兴奋，两者也可带来松弛身心的效果的。所以时下的流行曲及卡拉 OK 亦可以成为帮助放松紧张精神的方法。

由于听音乐只是会刺激听觉，而听觉又可以在同一时间接收多个信息，音乐便可以从以下两个不同方式来帮助松弛身心，而效果亦不一样。

专心松弛式

这是指整个人专心聆听、欣赏所播放的音乐，只是集中精神在听觉而不做其他事情，这样维持约 10 至 20 分钟，整个人便会受着音乐的影响而完全松弛。若以"基本调节呼吸法"开始，便能更快达到专心、放松的效果。

不自觉松弛式

当人在欣赏音乐之际或是有音乐在刺激我们听觉的时候，同时间，听者亦可以进行工作或干其他事情的。近年来，心理学研究指出，一些有轻音乐播放的工作地方,在里面工作的人员,情绪会较为放松、愉快,因此更可能增加他的工作效率! 这样,音乐能帮助舒缓紧张气氛的效果就像是在不自觉中产生出来的,因为听者无须停顿下来,刻意集中精神在音乐上。

在选择音乐来松弛精神时大可选择自己喜欢的种类。这里亦提供一些不同的选择给读者参考,亦会对每项选择作一些简介,并提出如何利用它们来达到集中精神、放松身心的效果。

听觉集中松弛法

此法是利用听觉的感官刺激来使人精神集中,身心松弛的。在练习时要注意播放的音响不宜过大,要不然会产生负面效果,同时会对别人造成骚扰。若播放的音响器材有自动停止播放的效果更好,这样便无须在播放完毕时,练习者要牵挂着关掉音响机。如果有重复播放的效果足以对一些喜欢重复播放的练习者来说更适合。由于现在耳机十分普遍,练习"听觉集中松弛法"时亦可使用,而且在比较嘈杂的地方使用时更加适合。

选择精神松弛的音乐(一)

对不少人来说,古典音乐令人联想到高不可攀,演绎时间长,甚至沉闷的感觉。但实际上,很多时候我们都会在电视节目和广告里听到一些很有名的古典音乐作为配乐,其深入民心的程度,令人几乎忘记了它们是属于古典音乐呢!

有两种带来不同感觉的古典乐以作参考,A 的作品属于较为柔和的古典音乐,放松身体肌肉后,或躺着或坐着,静心欣赏,会令人感到平静、放松。可以选择弗兰克(Franck)或格雷哥(Grieg)两位音乐家的作品,而且主要是小提琴和钢琴的协奏曲。跟着介绍的是莫扎特的音乐,听了那首专为长笛、竖琴及管弦乐协奏而作的协奏曲(Concerto Ine),K299,便会明白他何以被称为音乐天才。长笛及竖琴的交替演奏令人仿佛身处神话的境界,豁然神往,身心舒畅。

B的介绍主要是节奏比较快的管弦乐,听起来有耳熟能详之感,原来在平日生活,不知不觉中已经常接触这些音乐,若以平静的心情留心听一遍,就会像与一位久别重逢的朋友倾诉心事般,感到轻松及愉快。但若希望这些音乐能带来较清静、平和的效果便适宜把音量调低,因为有些时候,当不同乐器以较大的音量互相交杂时,太大的音量可能令你惊醒过来,但要是想达到集中精神的效果,不妨尝试把音量提高点,自己可扮作一位音乐指挥家,指挥着一支管弦乐队。当音乐像是随着你的指挥或心意播出时,会令人精神更集中及有满足感。

选择精神松弛的音乐(二)

现在介绍的乐章,都是由钢琴家格雷哥作曲及演绎。他的音乐以钢琴独奏为主。就如每篇乐曲的名称,他以钢琴抒发出他对某些事情的感觉及意念,情况就像一个在思索、回味事物的意思。这时候又如白日梦般,精神状态变得松弛,而心情平静。

A的乐章包括了一些他对新约圣经中一些故事的感觉,听起来很有故事感,亦相当有感情。另外,B类的是在表达由冬天转入春天这气候变化所带来的感觉。要是气候真的能影响个人的身心状态,这些音乐正好为听者带来春回大地、万物滋生的感觉,而这些变化却是静悄悄的,在人们不知不觉中来临。静心欣赏会令人身心平静、舒畅。

选择精神松弛的音乐(三)

富有浓厚民族色彩的音乐,当然可以成为帮助松弛身心的音乐。而听起来,很自然便会想起一些民族的踏舞以及他们生活的地方环境。A的介绍是一些源自印第安族的音乐,听着很容易便会联想到一些热带地区的情况,被那种修闲、懒洋洋的感觉所感染。就算是有闻歌起舞的冲动,亦只会是以轻柔的姿势把身体缓缓地扭动。因此,这些音乐对放松紧张情绪十分有效,且令人如置身于度假的情怀当中。静心、集中地欣赏,可使人有不少轻松、舒服的联想,就算是一边做事,一边欣赏亦有缓和忙碌的紧张气氛的功效。B 类的介绍是来自南美民族的音乐。节奏轻快,听起来令人有潇洒、任意地摇摆的感觉。仿佛被山区民族那种刻苦,但又会被尽情载歌载舞的性格特性所影响。由于这些音乐节奏比较快,欣赏时令人觉得轻松,又有活力,做起事来更有冲劲。

稳定音频松弛法

这法是利用给予听觉的稳定刺激而使整个人逐渐松弛下来。其用途就如僧侣敲击木鱼时所带来的效果一样,令人更能集中精神。

首先找一个自己会感到放松的音量、声音及节奏,比方对某些人来说,时钟的"嘀嗒"声音便可以,这种声音通常不会太尖,而且节奏十分平均,每秒钟便发声一次。练习者只要用录音机录下这些"嘀嗒"声,然后在练习时以适当的音量播放便可。如果时钟的"嘀嗒"声音不理想,例如使你感到太快或太慢,可自行用一些物件敲击台面,而节奏是适合自己,使你越听越能集中、放松便可,录下这些有稳定节奏的声音,15～20 分钟,便可在练习"稳定音频松弛法"时播放。

练习的程序如下:

(1)以"基本呼吸调节法"开始,令整个人都会预备松弛下来。

(2)播放录有稳定音声音的录音带,时间为 10～20 分钟。若是以敲击物件或木鱼来制造音频,亦可在练习时即时敲击,这便无须使用录音带。

紧张——甲光向日金鳞开

不稳定音频松弛法

当人在紧张、烦躁或愤怒时，整个人的节奏都会比较急促和不稳定，例如心跳变得快速及不平均。有时在极度紧张之际，自己甚至会感觉到、听到心脏急促跳动声音。

先前介绍过的"稳定音频松弛法"，是透过拥有稳定音频的声音对听觉的刺激而使人放松，情况便与紧张时听到心脏急促跳动的声音相对。但对一些人来说，未能在练习进行的初期便可以立刻适应使人极度松弛的声音节奏，对他们来说，"不稳定音频松弛法"便更适合。正如稳定法一样，练习者可自行录下敲击声音作练习之用。但这次却有不同节奏，在初时的 3 ~ 5 分钟，敲击声音可由每秒三次渐渐降至每秒一次，然后在其余的时间可将敲击声再渐渐以更缓慢的节奏打出，直至练习完结。

要注意这里"不稳定的音频"，是指声音的节奏由比较急促至缓慢，而不是指时快时慢，要不然便可能有负面效果，使人感到心烦意乱。

考前听音乐放松神经

对于考生自己，心态要平和，同时乐观、积极地面对考试，其实中考、高考只是无数考试中的一次。也要改变偏激想法，或者说非重点大学重点高中不读，或者高呼"高考无用"，干脆弃考。要以一颗平常心对待，像参加平时模拟考试一样。

中考是学生人生中第一次比较重大的应激事件，对每位父母来讲也是较大的应激，要想让考生有超常发挥，学校、考生、家长三方需要共同努力。

家长方面，除了安排考生合理的饮食、科学的作息时间外，更重要的是淡化高考的重要性，告诉考生多种选择的可能性；尽量少批评，多鼓励，让考生建立自信心。不要无休止地"唠叨"；饮食起居也可一切照旧，不要与平时差别太大,否则反添压力。

从学校来讲不应再过多强调高考的重要性;适当召开家长会,向家长传达应注意的事项;为考生营造舒适、和谐、宽松的校园环境,如把标语"抓紧考试前每一秒",换成"相信自己,你可以"等有良好自我暗示的句子。老师方面,公平对待每一个学生,不要按成绩对待;认真分析每一个学生的优势和不足,并与每个学生沟通,帮助其建立自信心;与学生一起指定努力可及、并且为数不多的目标。

在学习时无法集中注意力,甚至烦躁不安时,可以让自己暂时休息,适当参加一些娱乐活动,如听音乐、散步,短时间上网或者看电视,还可以找家长或朋友聊天等。如果非常紧张、烦躁,也可以采取一些放松的办法。如下几种:

(1)当心情紧张或学习累的时候,一是练习做深呼吸,吸气要深、满,吐气要慢、匀。二是将全身所有能控制的肌肉从头至脚全部绷紧,然后慢慢吐长气,直至全身全部放松下来。

(2)当你觉得紧张时,想象美好的最开心的事物和情景,把自己最快乐的感觉找到,并陶醉在想象情景之中。可以是蓝天白云,或是一望无垠的大海。

(3)当你烦躁不安时,可以选择一首自己喜欢的音乐,不论你选择什么乐曲,只要你听了感觉轻松愉快就行。使自己安静下来。不要在烦恼时听过于热烈的音乐,这会使心情更加烦躁不安;也不要在沮丧时听过于缠绵、伤感的音乐,这么做反倒加深悲伤情绪,弄巧成拙,而应该听安静、平缓的音乐,给人舒畅和稳定的感觉,使紧张的心情趋于平静。

音乐的功效

常听人说音乐可以让人消除工作紧张、减轻生活压力、避免各类慢性疾病等,其实这些都是有医学根据的。在医学研究中发现,经常的接触音乐节奏、律动会对人体的脑波、心跳、肠胃蠕动、神经感应等,产生某些作用,进而使人身心健康。音乐无形的力量远超乎个人想象,所以聆听音乐、鉴赏音乐,是现代人极为普遍的生活调剂。音乐到底有哪些神奇的功能呢？对健康有多少帮助呢？

下列是一些资料报道：

(1)音乐可以让身体放轻松,好的音乐可以纾解压力,避免因自律神经紧张失调而导致慢性疾病的产生。

(2)音乐可以敲开封闭的心灵,纾解忧郁苦闷的心情,甚至音乐还可以做到某些程度的心理治疗。

(3)音乐可以刺激脑部,活化脑细胞,适当的音乐刺激对脑部的活动有很大的帮助,甚至达到防止老化的功效。

(4)音乐可以提升创造力、企划力以及刺激右脑,尤其是古典乐曲,对右脑的训练与发展是很有帮助的。

(5)音乐可以帮助入眠、提高免疫力、增加神经传导速率、增强记忆力与注意力,让人的身心都得到适度的发展、解放。

(6)音乐的旋律可以使婴儿呼吸平静、心跳减缓,让婴儿不再哭闹不安,也可以激发婴儿的大脑思维能力,让他更聪明。分享给你的朋友吧。

心灵悄悄话

利用音乐来抒发情感,传情达意及松弛精神,相信是从人类开始发展文化时已存在。而不同的文化及时代有其特色的音乐,在运用音乐松弛时采用一些适合自己的音乐,但必须留意播放的音量不宜过大,不然会对听觉造成伤害,亦会骚扰他人。

音乐的功效

名人与音乐

罗杰·诺斯曾这样说,音乐之目的有二:一是以纯净之和声愉悦人的感官;二是令人感动或激发人的热情。

音乐能鼓舞人的斗志,也能消除人的紧张情绪。每当你听到自己喜欢的音乐时,你的情绪一定会随之而动。此时,闭上眼睛,为自己描绘一幅优美的图画,然后重复数次。你就会发现,正是音乐的力量,让你自然而然地忘记周围的一切,并为你带来美好的感受。

法国作家司汤达说:"只要听到优美的音乐,我就能更明确、更高度地集中思想从事我心灵要求的写作。"科学家达尔文也说:"要是我能重新安排我的生活,我必须规定自己读一些诗篇,听相当数量的音乐。用这种方式或许能使正在衰退的脑子增强活力。对诗篇和音乐缺乏感情,就等于丧失幸福。"

古希腊著名的数学家、天文学家毕达哥拉斯说:"把各种音调融合在一起,能使各种莫名其妙的妒忌、冲动等转化为美德。"由此可见,音乐不仅能医治人的心理疾患,还能陶冶人的心灵。

当然,最重要的是,音乐能使你富有一种艺术气质,让你在举手投足之间透出一种优雅来。为了使自己的形象更佳,印尼女总统梅加瓦蒂向印尼音乐界人士透露了她在音乐方面的喜好。梅加瓦蒂在为印尼音乐界人士的一次会议揭幕时透露说,当她感到疲倦时,她听古典音乐。如果她高兴的话,她会听印尼传统音乐,在她感到愤怒的时候,她就听摇滚乐。

紧张——甲光向日金鳞开

大科学家爱因斯坦除了物理学外，最擅长的就是音乐。

1921 年，爱因斯坦被捷克人邀请来到首都布拉格。这个地方对爱因斯坦来说是旧地重游。阔别多年的布拉格已变成新生的捷克斯洛伐克共和国的首都。

在布拉格大学的物理实验室内，并列地挂着牛顿和爱因斯坦的肖像。大学生们看到每天墙上挂着的肖像里的人物能够出现在自己身旁，真感到无比的荣幸。

一天下午，爱因斯坦作关于相对论的讲演。爱因斯坦滔滔不绝地讲着，什么长度和质量是随着速度可变化的，能量和速度平方成正比，时间和空间的弯曲等。会场里鸦雀无声，但实际上没有几个人能听懂。不过每个听众都认为，能和爱因斯坦同在一个大厅里，这是自己的经历上永远难以忘怀的时刻。

讲演完了之后举行招待会。轮到爱因斯坦讲话了：

"先生们！今天我已经讲过很多关于相对论的话了。现在我给大家演奏一段小提琴名曲！这样也许比较好懂一些，或者更有趣一些。"

在这个正在讨论 20 世纪先进科学的讨论会上，这位大物理学家用自己的手指演奏出了协调的古典乐曲，与会者意外地获得了一种别有风味的享受。他的演奏获得了一阵又一阵的热烈掌声。

爱因斯坦从六岁开始正式学习小提琴。他那幼小的心灵就已经进入优美的旋律之中。七年之后，他懂得了和声学和曲式学的数学结构。他体会到演奏莫扎特作品的技巧和奥妙。琴弦和心弦一起共鸣了，他一生中的科学和艺术生涯也开始了。

爱因斯坦学习小提琴的技巧并不是通过正规的小提琴霍曼教程，而是通过莫扎特的奏鸣曲来学习的。他认为热爱就是最好的导师，从此他爱上了莫扎特。小提琴也成了爱因斯坦科学生涯中的终身伴侣和欢乐女神。她为这位科学家驱散了忧郁和喧嚣，驱走了混乱和邪恶，她为科学家增添了美丽与和谐。

无论是音乐、美术还是书法、舞蹈或其他一些艺术，对于人的心理和心灵都有一种潜移默化的影响，这样一种训练，不仅满足了年轻人对于自身天性的基本需求，也有益于他们的身心发育和成长，这是教育的过程中不可或缺的重要内容。一门艺术的熏陶极有可能铸造青年人的个性并影响到他的一生。它或许不能带来看得见的利益和成果,但对学生们的心灵启迪却有着不可替代的作用,而且更能激发他们的创造力。当他们在人生旅途中遭遇到重大挫折时,也能在艺术的怀抱里获得感悟、启示和力量。

无独有偶,我国也有一位艺术濡染出来的大科学家,他就是袁隆平。

看书和听音乐是袁隆平的两大爱好,他听音乐时来了激情还要拉小提琴,或舒伯特的《小夜曲》或舒曼的《梦幻曲》,每每兴致所至,夫人邓哲也愉快地随他一起弹起电子琴。

晚上,能在音乐的旋律中游走,并陶醉其间,袁隆平说,那是一种享受。

谈到音乐,袁隆平似乎有着特殊的感情。他说:"大学时代的几个好朋友拉小提琴,我也跟着拉,就喜欢上了。"

早年,在都市里长大的袁隆平,被分配到安江那个穷山窝里工作,一晃三十几度春秋。大凡皓月高悬或繁星闪烁的夜晚,他准会深情地拉上一首《梦幻曲》《蓝色的多瑙河》或舒伯特的《小夜曲》……以此,来娱己娱人。

他坦言,他不排斥现代流行音乐,但更喜欢传统的民族音乐。他特别推崇贺绿汀,说贺绿汀先生是一位十分了不起的音乐家,不同风格的歌曲,都写得非常到位。他的作品要么雄浑、刚健、激励人心,要么委婉曲折、情意绵长,使人抒怀。像《游击队之歌》,节奏明快、旋律清新,巧妙地表现了抗日将士无畏的精神面貌;而《秋水伊人》则是贺绿汀抒情歌曲的典型代表作。他说:"我特别喜欢这首歌。"

有一年的春天,中国科学院、中国工程院、科技部、中国科协等单位在北京举办一场"科学在中国"大型文艺晚会。袁隆平与小提琴演奏家刘云志,合奏了已故科学家李四光创作的小提琴独奏曲《行路难》。会场上下,一片叫好声。

袁隆平曾说过,人从出生始,便在音乐中生活。人们用音乐陶冶情操,从音乐中吸取力量,人生离不开音乐。音乐,是声音的诗歌;音乐,是人生的补药。为了更好地生活,我们当悉心倾听音乐;倾听音乐,才能更好地领悟音乐;领悟音乐,才能更好地驾驭生活。

每天打开你的 CD 或者 MP3 吧!列一个自己最喜欢的歌曲目录,写出那些令你快乐、高兴、激动,充满力量而又焕发青春的歌曲,然后把它们录在 MP3 上或刻成 CD 光盘。另外,还可以把你喜欢的音乐磁带放在汽车的前座上。这样,在你上下班的途中,或是想得到某种激励和感动的时候,只要轻

紧张——甲光向日金鳞开

轻按下开关,音乐便可以为你带来你所需要的一切。

养成用音乐来寻求美和内心平静的习惯。编制自己的音乐名单,注意不要放上狂暴的曲目,即使你有点喜欢。

心灵悄悄话

首先,不同风格的曲子能达到不同的放松效果。快歌能振奋精神,适合在运动中听。慢歌能舒缓身心,让您放下紧张的心情,使大脑放松,适合在睡觉的时候听,可以让你马上进入睡眠状态。想要更彻底的放松,建议您听一些大自然的声音的音乐,那种空灵的音乐能放松您的神经,让身体和大脑都彻底地呼吸。

第十篇　紧张是心理疾病之一

　　心理疾病，是指一个人由于精神上的紧张、干扰，而使自己思维上、情感上和行为上，发生了偏离社会生活规范轨道和现象。心理和行为上偏离社会生活规范程度越厉害，心理疾病也就越严重。

　　心理疾病是很普遍的，只不过存在着程度区别而已，而且现代文明的发展使人类越发脱离其自然属性，污染、生活快节奏、紧张、信息量空前巨大、社会关系复杂、作息方式变化、消费取向差异、在公平的理念下不公平的事实拉大、长辈做溺爱等，都使心理疾病逐渐增多并恶化。

紧张是心理疾病之一

正确对待心理疾病

心理障碍是由于人在遭受挫折、蒙受屈辱后,紧张和焦虑的情绪长期不能消除而造成的。人在受挫折时,首先引起的是紧张,紧张发展到一定程度便会出现焦虑情绪,人倘若长期处于这种状态而又不得排除,就会造成心理疾病。如胃溃疡、哮喘、偏头痛等。

中国医学关于心理与疾病的关系,早在两千多年前就有比较深刻的认识。中医认为"怒伤肝、喜伤心、思伤脾、恐伤肾"。认为七情是致病的重要因素。因为人的情感波动过于激烈,可引起人体的阴阳失调,气血不和,脏腑功能紊乱,正气耗损,易受外邪侵入而导致各种疾病。然而在正常人当中,恐惧、担忧、悲伤、喜悦等情绪的波动是短暂的! 生理上产生的反应也是短暂的。因为人的机体生理机能有惊人的稳定性,能应付各种复杂、紧张的生活环境,大多数人在短期的高度紧张工作后,偶然遇到严重挫折或是突然的悲伤等事件后,情绪与生理上的负担会逐渐消除,机体也会很快恢复到正常状态。所以偶然的精神压力和心理障碍并不可怕。但是人的生理、心理处于高度紧张状态之后,最好有一段相应的舒缓状态,如紧张工作之后休息几天。如果人的应激状态持续下去,那是危险的,容易引起心理疾病。

一个雅典人看到著名的大哲学家柏拉图正和一群孩子一起用坚果玩游戏,便停下脚步,带着嘲弄的口气说:"是你啊,还和野孩子在一起玩耍呢。看你哪像个哲学家?"

柏拉图见有人取笑他，就在路当中放下一把松了弦的弓，说道："听着，你猜猜看，我这样做是什么意思？"那雅典人苦苦思索了好半天，还是弄不清楚柏拉图所指的问题是什么，最后只好认输了，请求赐教。

这位胜利了的哲学家说道："如果你老是把弦绷得紧紧的，弓很容易就会折断，但如果你把它放松了，要使用时就能顶用。"

快节奏的都市生活，复杂的人际关系，激烈的社会竞争，使现代人感到一种无形的精神压力，一种难以解脱的烦恼。没有时间放松自己，也不敢放松自己，人们不断地问："人为什么活得这么累？"裁员、与同事和上司的关系不和、渴望晋升机会等，让男人们心烦意乱；工作、家务、丈夫、孩子等，让很多女人们筋疲力尽，等等。

"文武之道，一张一弛。"如果长时间紧绷着心灵之弦，哪能有时间品尝到每天生活中美好的滋味。珍惜即刻的美好吧，不妨留意、发现、体味和享受时刻伴你的快乐，放松一下自己的心灵之弦。

放下紧张生活

紧张是一种习惯，放松也是一种习惯。一个令人吃惊的可悲事实是，无数不会浪费金钱的人，却在鲁莽地虚掷浪费自己的精力。

威廉·詹姆士在一篇文章中说道："美式的生活让人紧张，动作快、高节奏、强烈极端的表达方式……这或多或少是些坏习惯。"

波普先生就是其中一员。他是位生意人，赚了几百万美元，而且也存了相当多的钱。但是他似乎从来不曾轻松过。

波普刚刚下班回到家里，刚刚踏入餐厅中。餐厅中的家俱都是桃木做的，十分华丽，有一张大餐桌和六张椅子，但他根本没去注意它们。

波普在餐桌前坐下来，但心情十分烦躁不安，于是他又站了起来，在房间里走来走去。他心不在焉地敲敲桌面，差点被椅子绊倒。

波普的妻子这时候走了进来，在餐桌前坐下；他说声嗨，一面用手敲桌面，直到一名仆人把晚餐端上来为止。他很快地把东西一一吞下，他的两只手就像两把铲子，不断把眼前的晚餐一一铲进嘴中。

吃完晚餐后，波普立刻起身走进起居室去。起居室装饰得十分美丽，有一张长而漂亮的沙发，华丽的真皮椅子，地板铺着高级地毯，墙上挂着名画。他把自己投进一张椅子中，几乎在同一时刻中拿起一份报纸，他匆忙地翻了几页，急急瞄了一瞄大字标题，然后，把报纸丢到地上，拿起一根雪茄。

波普一口咬掉雪茄的头部，引燃后吸了两口，便把它放到烟灰缸去。波普不知道自己该怎么办。他突然跳了起来，走到电视机前，扭开电视机，等到影像出现时，又很不耐烦地把它关掉。他大步走到客厅的衣架前，抓起他的帽子和外衣，走到屋外散步。

波普这样子已有好几百次了。他在事业上虽然十分成功，但却一直未学会如何放松自己。他是位神经紧张的生意人，并且把他职业上的紧张气氛从办公室里带回家里。

他没有经济上的问题，他的家是室内装潢师的梦想，他拥有两部汽车，事事都有仆人服侍他——但他就是无法放松心情。不仅如此，他甚至忘掉了自己是谁。他为了争取成功与地位，已经付出他的全部时间，然而可悲的是，在赚钱的过程中，他却迷失了自己。

这位波普老先生之所以落下这种神经紧张的毛病，就是因为他不懂得掌握松弛自己的秘诀。其实，想要获得轻松的心情，你一定要了解自己的能力范围，知道应该在什么时候放下工作，轻松一会儿。如果你所负的责任十分重大，你也一定要知道在什么时候卸下这些责任。如果你真的想克服神经紧张的毛病，不妨借助于奇妙的心理幻想力量来协助你摆脱工作和生活中的巨大压力。

那么，什么是解除精神疲劳的方法？放松！放松！再放松！要在学习和工作的时候让自己放松！下面就是一个成功克服紧张心理的人给我们讲的故事。

那一年，由于我在业务上的突出成绩，进这家汽车销售公司才一年多，就被老总提拔为销售部经理。

自从升为高级主管后，我更加勤奋了，事无巨细，事必躬亲，每天忙得四脚朝天。

有一天中午快下班的时候，老总对我说，我们一起去吃中饭，十二点你就下来，我在楼下等你。我看看表，已经十一点五十五分了。我回办公室想收拾一下，没想到又被一些事情耽误了，下楼的时候已经十二点过五分了。老板的奔驰车已经在发动，准备开走了。

我气喘吁吁地跑过去对老总说，抱歉，老板，刚才我又听电话又送传真的，电话很多。

"吃饭都跟不上，你还能做什么？"老总打断我的话，严厉地说，"放下！你没那么伟大，我说十二点吃饭你就得把它放下。"

那一顿饭，我吃得疙疙瘩瘩，虽然表面若无其事，心里却很委屈，每天堆在我面前的事总也做不完，我这样为公司卖力，难道也错了吗？

过了一段时间，公司组织了一次旅游，我们来到一座名山古刹。同事们嘻嘻哈哈四处探奇，可我心里还一直在想着临行前手头没处理完的一大堆事务，还在考虑接下来要怎么做才能保证不会让整个部门的业绩下降。没想到我却不知不觉地转到了后禅院。

忽然，我看到一个身披袈裟的大师，举着一碗菜，对着一只狗大喊："放下！放下！"我大为惊奇："师父，这只狗的名字叫'放下'吗？"大师说："是的。"我更诧异了："人家的狗都叫小黑；小白、来福什么的，你的狗怎么叫放下？"

"你以为我在叫它呀？其实我是在叫我自己。"大师笑着说，"我每天都这样叫自己放下，每天晚上收起脚上床后就打算第二天起不来了，这样该放下的东西也就要放下了。"

大师的话让我突然一阵警醒，是啊，一个人永远不可能做完所有的事，世界上也没有做得完的事，如果明天我就死了，我还能够要求自己今天把所有的事情都做完吗？那我肯定只能拣最重要最紧急的事情先处理完，其他的事，时间一到，就放下。一个真正有成就的人，做事要看大目标，如果天天只看小问题；连公司洗手间里有没有卫生纸都管，那就会丧失创造力。就像游泳一样，要一边游一边抬头看目标，不要闷着游，撞了墙才知道痛。

回去以后，我调整了自己的工作方式，教会每一个部下每天做好所有分内的事，而我只掌握大原则。我可以悠闲地端着咖啡上楼下楼，偶尔与同样悠闲的老总相视一笑，一到下班时间就关了手机回家。可是，我的部门工作效率却成倍地提高了。

现在,我已经是公司的副总。

紧张是一种习惯,放松也是一种习惯。学会放松,这是一件容易的事吗?其实容易。你可能要花一辈子的时间改掉目前的习惯。这种努力是值得的,因为你的一生可能因此而发生很大的变化。

紧张是一种心理问题,我见过一女孩第一次去我们公司上班,紧张得把杯子都摔了,手在抖。其实,大家都是同事,紧张什么啊?

我也经常紧张,特别在面试时候,经常导致结结巴巴地说不清楚话,所以也经常在思考这个问题时,得出以下几点经验:

(1)一遇到事就紧张,其实很大程度上是你的心里有以前的阴影。由于有过由紧张引起的尴尬局面,而你在一些场合会不自觉地想起往事,久而久之,变成了习惯,不想那事也紧张。建议你把以前的所有紧张局面透彻地回忆一遍,直到想通了,将其付之一笑。

(2)上学的时候,不经常回答课堂问题吧?也绝不会主动当众唱歌吧?虽然自认为唱得绝对比别人好,但不唱出来就不能克服这个难关。所以,建议试着主动和别人,特别是不太熟悉的人多交往。遇到唱歌什么的场合要主动些,把它看作是对自己的锻炼。

(3)尽量多结识新人,俗话说:林子大了,什么鸟都有。紧张当然是在不熟悉的人面前会出现,就你一个人,当然不会紧张。所以,你结识的人多了,什么人都见过,慢慢地,就不紧张了。

(4)经常对着镜子说说话,可以使你的表达更完美,让你更自信。

(5)我们的前提是尊重任何人的。可非常不幸的是,我们在某种场合必须不把别人当人看,可以把他们看作一群羊,或者别的什么东西。所以,要做到"目中无人",你在当众演讲时会紧张,可你给一群羊演讲,还会紧张吗?

多余的紧张和惧怕

在日常生活里,每个人都免不了会碰到各式各样的挫折、困难和失败。每当这种时候,你的心里是不是会不由自主地感到紧张呢?而且,是不是也往往会同时产生程度不同的沮丧,或者惧怕的心理反应呢? 如果是这样,我请你不必因此而大惊小怪。因为这是正常的焦虑! 它和正常的惧怕一样,是一种心理紧张的状态。而且焦虑和惧怕相互伴随,犹如一对形影不离的孪生兄弟一般,有焦虑就会有惧怕。所以当你焦虑的时候感到惧怕,或者是当你惧怕的时候感到焦虑,都不必因此而苦恼不安。

正常的焦虑和正常的惧怕,在生活里是必要的、不可缺少的。有了对当前遭遇的担心、害怕、焦虑和不安后,人们才能引起足够的注意,提高警惕、增强觉醒的强度,在大脑皮层上形成"警戒点",加以剖析辨认、深思熟虑。这样,就会有利于克服所遇到的挫折、困难和失败,使事情向好的方面转化发展。

反过来说,如果你对什么事都不感到焦急和惧怕,比如说,家里面有人得了急病,你无动于衷;发生了火灾或地震,你也坦然处之;其他如工作上失败了、学习成绩不好、生活上出了差错,理应焦虑或不安的时候,你都一反常态,不予置理。这种做法只能对事情的处理有损害。

但是,正常的人遇到这种焦虑不安情况的时候,几乎都能很快地恢复正常的状态。他们会很快地排除困难,闯过难关,并能总结经验教训,避免下次再重蹈覆辙。然而,对于某些人说来,情况却并非如此。他们由于接连不断地遭受不如意事件的冲击,在心理上就会招架不住、对付不了,身心双方面可能陷入过度疲惫的状态里。如果这时再发生突发性意外事件的打击,就像俗话讲的那样"火上浇油"的话,那么,就很有可能会使这些人的心理防卫机能全面崩溃瓦解。结果往往轻则发生病态心理、行为失常;重则甚至会引起各种精神神经性疾患。由此看来,人们学会在日常生活里避免、防止和克服、战胜内心紧张状态,该是多么的重要。

心理学上所说的焦虑不安,有下面两种表现:

(1)经常疑惑、忧虑,惶惶然有如大难之将至;

(2)经常怨天尤人、自忧自怜,无缘由地悲叹不已。有了这两种表现的人,就说明他不能像常态的人那样,应付自如地适应正常的生活环境。

对于焦虑型的人说来:

(1)任何微不足道的小事,几乎都足以引起他的不安,然后就如滚雪球似的增强焦虑性的种种表现;

(2)当他遇到紧张的心理压力时,便会慌张地手足不知所措,丧失应付事变的能力。

焦虑不安的表现特征,和惧怕的表现特征很相类似。

(1)在心理上,常常伴有比较强烈的忧郁感、烦恼感、内疚感以及不安全感,等等。

(2)在生理上表现为:轻则常常长吁短叹,重则会感到呼吸困难、胸闷、过度换气(频频地大喘气)、心悸、眩晕、头昏、嘴角发麻、四肢感觉异常。这些生理病变,正是由于情绪紧张,使得大脑特别是呼吸中枢过度敏感,以及植物性神经系统的感受性增高的缘故。

现代精神医学从临床诊断中已经探查出,造成焦虑不安的个人历史原因可以归纳为正好相反的两个方面。

(1)有些青年由于在童年时期缺乏温暖和必要的照顾,从幼小起失去了安全保护的心理感觉,因而导致了日后的焦虑。

(2)相反地,另外有些青年由于在童年时期父母过于溺爱,也会导致他们日后缺乏独立生活的能力,表现为幼稚化,成熟程度不足等,这样也会成为日后焦虑的潜伏因素。

美国哈佛大学精神病学专家乔治·E.维兰特博士,在他1980年发表的一篇研究报告中指出:"能应付日常的紧张,是保持身体健康的一个重要部分。""能妥善处理日常紧张事务的人,活到五十五岁身体仍健康;但那些身处紧张状况而又觉得精神压力很大的,衰老的速度要比前者快得多。"他的这个观点是他对204名男大学生的心理健康状况,进行了将近40年的追踪研究的结论。由此可见,在日常生活里,不要总是精神紧张,是非常重要的。

有两种办法,可以帮助我们消除在生活当中所碰到的焦虑:

(1)勇敢地面对焦虑。你可以冷静地问自己:"这件事最坏又会坏到什么程度?"当你答复了这个问题后,你的焦虑就会消失。

(2)制订一个行动计划来代替你的焦虑。比如,当你规定出一个有意义的工作目标,并全力以赴地使它实现时,你就会很快地把全部精神沉浸在工作上,也就无暇去焦虑了。

我在研究青年们在考试前后的心理状态时发现,焦虑和紧张形影不离、紧密伴随的最典型事例,莫过于考试这样的事情了。有的青年人怕考试,对考试感到极度的焦虑和紧张,甚至会达到植物性神经机能紊乱,表现出种种神经官能症症状的地步。比如,消化功能失调,神经性厌食或呕吐,食欲不

振,消化不良,腹部胀满,便秘,心惊,头晕,失眠等。那么,该怎么办好?在这种情况下,我劝他们:

(1)要劳逸结合,适当做些文体活动;

(2)要保证必要的睡眠;

(3)要注意饮食营养,多吃些含有丰富维生素和易于消化的食物;如果情绪过于紧张,可服用一点安眠药物,但不可服用大剂量的或烈性的,以免临考时头脑昏昏;也可以服少量"心得平"(一般用量以一小片为宜)或镇定剂,免得心速跳动过于剧烈。

放飞自己的紧张心情

如何放松自己的紧张心情?生活中每个人都经历过焦虑情绪,如果您能通过自我调节,那么您就能从焦虑情绪中解脱出来;但是当您的焦虑长时间积累,就会造成焦虑症的发生。而焦虑症患者很容易就感到紧张、焦虑,注意力很难集中起来,面对这样的情况,要如何放松自己的紧张心情呢?广州后勤医院专家刘月岭主任跟大家介绍一下:

(1)当您的焦虑症状出现时可适当转移注意力,比如说当您出现紧张不安、焦虑的时候,你可以暂时转移注意力,把视线转向窗外,使眼睛及身体其他部位适时地获得松弛,从而暂时缓解眼前的压力。你甚至可以起身走动,暂时避开低潮的工作气氛。

(2)要学会幻想,想象自己正在沙滩上散步,很舒适,没有任何人、任何事物的打扰,只有自己,很安逸,或者想象一下原始大草原,动物悠然自得地觅食、嬉戏的场景。

(3)当您压力过大时,建议您学会正确排压,减轻心理负担和精神压力,一定要劳逸结合,不要一味地投入工作或者是学习,适当地出去旅游、散步,出去散散心,保持一个平静的心态,当你的注意力从让你焦虑的工作或者是其他的事情上转移的时候,你的心情就会好许多。

如何放松自己的紧张心情?其实焦虑症是心理精神疾病,因此治疗焦虑症,最重要的是自己的心态问题,要保持乐观,当你缺乏信心时,不妨去想想你过去的辉煌成就,通过这种方法你将很快地化解焦虑与不安,恢复自信。以上就是调节紧张心情的几种做法,希望对于您有帮助。如果想解除焦虑症对于我们的危害的话,可以通过广州后勤医院的"立体平衡疗法"来治疗,想要更深入地了解本疗法的话,欢迎您通过在线咨询与我院专家取得联系。

消除心理疾病的方法

(1)树立崇高的理想和远大的奋斗目标,努力学习,奋发工作,使精神有所寄托、生活感到充实,用工作上的成就来弥补精神创伤和心理损害。遇到不称心的事时,要高姿态、心胸宽阔、豁达大度、遇事冷静。从而保持愉快、开朗、平稳的心境。

(2)积极参加文娱、体育活动,培养多种业余爱好,丰富生活情趣,用各种办法转移注意力,从发怒的人或事上转到高兴的事物方面,松弛精神紧张,使情绪得到稳定。

(3)扩大社会交往,结识良师益友。这样可以通过朋友的启发、忠告、劝说和帮助,得到情绪上的矫正,减轻心理冲突,这是积极地消除心理障碍的方法。

(4)学会自我调整情绪的方法。遇到挫折和精神刺激时,要尽量控制自己的情绪;当怒气涌向心头时,要默念"生气是自我惩罚,烦恼是和自己过不去"的警言,或听听音乐,做深呼吸等转移注意力,求得情绪上的缓冲。

(5)正确认识疾病。老年人往往体弱多病,容易焦虑烦躁、忧心忡忡,甚至怀疑自己病入膏肓。这种心理不仅不利于治病,反而会加速疾病的发展。乐观主义精神和坚强意志,是中老年人与疾病做斗争的最宝贵的心理状态。健康与不健康的心理状态,不是一成不变的,是可以相互转化的,只要正确处理和对待,就可以保持一个良好的心理健康状态。那种提到心理疾病就认为是精神病的观点是不对的。其实心理疾病的范围较广,一个人一生中难免会有些轻度的心理疾病,就像一个人难免有发烧、头痛一样,经过调整和治疗是能够康复的。

检查自己是否有心理障碍

中学生的身体发育和心理发展尚处于一个不很成熟的过渡阶段。同学们的心理比较脆弱和敏感,往往不能经常地与外部环境保持良好的适应状态,不可避免地要产生种种心理挫折和冲突,并可能导致一些不正常行为的发生。这时,我们所说的心理障碍就出现了。

中学生出现心理障碍的原因是极为复杂的。概括来说,主要有个人因素和社会因素。个人因素包括心理、年龄、身心素质等。生理上的疾病或损伤造成的肌体组织变异和功能失调可能引起心理障碍。如儿童时期患了脑炎、高热抽搐、脑损伤、躯体感染和内分泌异常、代谢障碍等都是较为常见的导致心理障碍的因素。年龄对心理的影响主要表现在心理平衡的质量上。一个人从幼儿到成年的成长过程,也是心理平衡的摸索、完善过程。幼儿对外界环境的适应性最差。

随着年龄的增长,心理平衡的缓冲地带不断加宽,逐渐具备了弹性反应能力。心理平衡问题最多的阶段是青春期,也就是中学阶段。中学生们身心发展较快,但不稳定、不成熟,又面临升学的冲击,心理发展往往失衡。受年龄特点的制约,同学们往往把一些个人情感和意向隐藏在心灵深处,从而成为影响心理正常的压力。因此,中学生们极易产生一些心理障碍。

身心素质包括躯体素质和心理素质。躯体素质中最重要的是中枢神经系统的结构和功能。人的高级神经活动可分为强型和弱型。弱型的人对新异环境难以适应。内分泌浓度差异较明显也能影响人的心理平衡,如甲状腺功能亢进的人容易激动。心理素质是心理特征的内在稳定因素,它能够决定心态的基调。心理素质上的任何缺陷,都会阻碍积极的心理平衡的建立。日本学者曾把容易导致心理障碍的心理特征归结为十四个方面:

(1)抑郁性:容易受消极因素所支配,对周围事物缺乏兴趣,孤独、无聊、绝望。

（2）无力性：对自己的身心功能具有较强烈的不安全感，容易疲劳，总感到自己有病或要害病。

（3）过敏性：容易把周围的变化与自己的安危联系起来，多疑、猜嫉、嫉妒、妄想、爱编织谎言。

（4）强迫性：无法摆脱强迫性的思想、情绪和行为，不敢见人，有接触恐惧感。

（5）自我否定性：对自己缺乏信心，犹豫不决，做事反反复复。

（6）内向封闭性：不关心他人，不与人交往，处于封闭状态。

（7）固执性：不愿意改变自己的意向，过分迷恋于某件事，不灵活。

（8）意志薄弱性：容易受外界影响而改变自己的主意和行动，缺乏自主性和坚持性。

（9）盲动性：缺乏深谋远虑，行事极其草率鲁莽。

（10）不安定性：身心不安宁，注意力分散，工作有头无尾。

（11）情绪易变性：情绪极不稳定，爱对别人出气，说话尖刻，行动带有冲突性和破坏性。

（12）自我表现性：爱表现自己，自以为是，不听劝告，喜欢夸大吹牛，自高自大，支配欲和好胜心强。

（13）爆发性：兴奋、粗暴、昏乱，容易出现过激的态度和行为。

（14）轻浮性：情绪浮躁，言行轻浮，随意搞恶作剧，不分场合地吵闹，爱开无聊玩笑。

有些中学生的父母，通常只关心孩子的物质需求，而对孩子的心理发育及其精神需求却考虑很少，往往使孩子从小形成畸型心态，种下社会适应不良和偏常人格的苦果。

学校是同学们生活于其中的又一个主要场所。学校生活往往是一种紧张的竞争性生活，是一种需要不断付出努力克服困难的生活，这使得一些同学很不适应，特别是学校的功课负担太重、学习压力太大、老师教育方式不当、竞争过于激烈等等，都会引起一些同学的心理异常或采取消极适应方式。

在中学生中有心理障碍的人并不少见。一旦出现心理障碍，不用紧张，不用害怕。它不是青少年的"专利"，也不是不可逾越的障碍，而是可以克服和排除的。如果一旦形成心理障碍，就应在老师或心理医生的帮助下，找出形成的原因,提出克服和排除的方法,以帮助同学们调节自己的心态,超越心理上的困惑,有效地进行心理保健。

心灵悄悄话

　　影响中学生心理平衡的主要社会因素是家庭与学校。家庭是同学们生活的主要场所。中学生与成人相比具有较大的依附性,而家庭注注使同学们产生较强的归属感。家庭的精神支持对于平息个人紧张心理、抚慰精神创伤特别有效。然而,如果家庭成员之间关系不正常,矛盾与纠纷迭起,就会造成中学生的心理上的失衡。家庭自然结构残缺不全,如父母双亡、父母离婚或分居、父母再婚等,也容易给生活于其中的青少年造成消极适应行为。

紧张——甲光向日金鳞开

城市紧张类型综合征

随着高科技的迅速发展，生活现代化的程度的日益提高，人们在享受现代科技给生活带来的安逸及生活方式发生改变的同时，也引发了越来越多的"时尚病"。以前闻所未闻的各种"综合征"，开始困扰着人们的身心健康。

"拥挤综合征"

在都市里生活，越来越多的人容易受到城市人多、车多、楼多、噪声多等因素所带来的影响，容易感到疲劳感，从而引发心悸、胸闷等症状。心理专家分析，"拥挤综合症"的症状主要是由于高度神经紧张和心情焦虑而引起的心理失衡。

举个生活中常有的例子，上下班高峰时候乘公共汽车，由于车厢拥挤，大家一方面要防小偷，另一方面要防自己被别人碰到，常为一丁点小事便吵架。而这正是由拥挤造成的人们大脑皮层调节功能紊乱，使当事人出现暂时性心理障碍，而产生异常兴奋感。"拥挤综合征"很容易引发高血压、神经衰弱、精神心理失常等疾病。

预防"拥挤综合症"，首先要注意个人心理素质的提高，时常锻炼自己的心理素质，培养遇事冷静的态度；其次是少去拥挤的场合，如果无法避免，则应该事先做好心理准备，养成充分"备战"的习惯；最后是多到农村、乡间散散心，外出郊游能够松弛紧张的大脑，调节心理。

"快节奏综合征"

长期处于"快节奏"环境里，容易造成精神压力过大、心理紧张、不安，引发心理忧郁和心理障碍等问题。"快节奏综合征"的人习惯性地将强迫自己长期处于快节奏生活中，如逛街或郊游，不自觉地会看手表催促自己时间不多了，要尽快结束活动。通俗一点讲，这种人闲不下来，也害怕一旦闲下来就会精神崩溃。据心理专家分析，"快节奏综合征"使中枢神经和植物神经系统功能失调，会引起类似"神经症"类的症状，如神经性头痛、神经性呕吐、神经性厌食或其他生理上的失调现象。

"星期一综合征"

度过一个愉快的周末后，星期一上学时显得有些懒散，精神涣散，这便是"星期一综合征"。据专业机构的调查数据显示，星期一到医院就诊的病人明显地高于其他工作日的 10%～20%，其中多数病人就诊原因是头痛、四肢无力、血压升高，有的人还出现手痛、颈痛等现象。引发"星期一综合征"的主要原因是由于不少工作人员双休日为了放松自己，打乱了平常的作息时间和生活规律，有的人拼命地补觉，有的人疯狂地娱乐，原有的生活作息规律打乱后没有进行科学、有效的调整，反而增加了劳动强度，导致免疫力下降。等到星期一上班时，神经系统还不够兴奋，难以适应快节奏的工作方式，就会表现为精神不佳。

医学专家建议，双休日要注意适度地休息，避免造成休息日反而过度疲劳。星期一上班时，可以先接触一些与工作有关的事情，例如看相关的项目资料，思考工作内容，或者组织一个周一例会等，都有助调节"星期一综合征"，更快地融入工作中。

紧张——甲光向日金鳞开

"信息焦虑综合征"

每天翻阅大量的信息，网络、电视、报纸、广播都在信息收集的范围内，尽管如此还是担心自己漏掉了什么信息，忐忑不安地在第二天一起床又打开电视和广播收集信息，这便是"信息焦虑综合征"。心理专家指出，这是一种自我强迫和紧张所造成的心理疾病。尽管它没有任何病理变化，但会引起突然的恶心、哎吐、急躁、精神疲惫等症状；它还会引起人们心理上的失落感和衰竭感，容易对生活失去信心。充分意识到症状的起因，才是防治"信息焦虑综合征"的最佳办法。例如，某些人希望自己永远走在信息的最前端，就每天大量地吸引最新消息，无目的地网络里寻找，跟朋友聊天也以自己收罗的最新信息来炫耀。

但由此引发的是一旦坐在计算机前，便感觉目标迷茫，无所事事，容易造成精神疲倦、烦躁不安。防治的办法便是正确对待大量的信息，保持乐观、自信、成熟的心态，要乐于与人交流，善于寻找交流的话题，不以某个网络笑话或某条"内部消息"为噱头来炫耀自己。

"密码综合征"

日常生活中密码的重要性越来越强，银行卡密码、电话卡密码、保险箱密码、交费密码、查询密码、交易密码、电子邮箱密码、聊天工具的密码……那一大串密码让人头痛不已。如果都留一个密码，又成了一破百破的情况。

于是，我们只好每天都得记住一堆密码，这就使得都市里一大群人患上了"密码综合征"。"密码综合征"是生活科技化的产物，它是由于人的自我强迫记忆所带来的心理障碍。长期强迫自己记忆密码，容易造成精神疲惫，神情恍惚，严重的干脆遗忘密码，将生活弄得一塌糊涂。心理专家指出，要以健康、乐观的心态对待"密码综合征"。采取一些取巧的办法，例如将密码归类记忆,电子类密码统一为某个数字或代号;银行卡类的查询密码和交易密码则分别记忆。还可以将经常使用的密码用一个特殊的代号记在自己经常会看到的地方,要用时只有自己才能看懂代号。同时,放松心态,不要因为密码所牵涉的机密被别人窃取而终日恍惚不安。

心理专家分析,越多越多的"综合征"的产生,一方面是因为人们适应不了高速发展的社会、经济生活,另一方面是心理卫生的不同步发展。不过,已经有越来越多的人重视这些"时尚病",并提供了大量的医学实例和科学依据来解决这些"时尚病"。

心灵悄悄话

防治"快节奏综合证",必须要合理地安排自己的生活,什么时候该紧张忙碌起来,什么时候该放松休闲一下都要有一个安排,心理上要对紧张和休闲的生活有一个客观的认识;同时,还要保持乐观的生活态度,不要让个人情绪化的东西影响到日常的工作、学习;要学会"忙里偷闲""苦中作乐",保持良好的、积极向上的生活态度。

紧张——甲光向日金鳞开

紧张是心理疾病之一

心理疾病的特点

心理疾病是由于个人及外界因素引起个体强烈的心理反应(思维、情感、动作行为、意志)并伴有明显的躯体不适感。是大脑功能失调的外在表现。其特点是：

强烈的心理反应

可出现思维判断上的失误，思维敏捷性的下降，记忆力下降，头脑黏滞感、空白感，强烈自卑感及痛苦感，缺乏精力、情绪低落成忧郁，紧张焦虑，行为失常(如重复动作，动作减少，退缩行为等)，意志减退等。

明显的躯体不适感

由于中枢控制系统功能失调可引起所控制人体各个系统功能失调：如影响消化系统则可出现食欲不振、腹部胀满、便秘或腹泻(或便秘腹泻交替)等症状；影响心血管系统则可出现心慌、胸闷、头晕等症状；影响到内分泌系统可出现女性月经周期改变、男性性功能障碍……等等。

损害大

此状态之患者不能或勉强完成其社会功能，缺乏轻松、愉快的体验，痛苦感极为强烈，"哪里都不舒服""活着不如死了好"是他们真实的内心体验。

需治疗

此状态之患者一般不能通过自身调整和非精神科专业医生的治疗而康复。精神科医生对此类患者的治疗一般采用心理治疗和药物治疗相结合的综合治疗手段。在治疗早期通过情绪调节药物快速调整情绪，中后期结合心理治疗解除心理障碍并通过心理训练达到社会功能的恢复并提高其心理健康水平。

心理障碍的九种类型

（1）躯体化障碍表现：经常有躯体不适的感觉，常有头晕、头胀、紧绷等症状，胃部不适较多，食欲不振、嗳气、胃胀，经常有心慌、心跳快，有时感到胸闷、呼吸急促，常有疲乏、虚弱感觉。

（2）焦虑症表现：经常有不明原因的担心、紧张，无法掩饰的焦虑状态，如心跳、心慌，常有出汗，手指轻微的颤抖，有时会感到坐立不安。

（3）抑郁症表现：自我评价过低，情绪低落明显，无愉快感，常常愁眉苦脸，兴趣减退。有时会哭泣或有活得太累、生不如死的想法，失眠早醒，食欲缺乏。

（4）疑病症表现：担心或相信自己已经或必将会患某种严重躯体疾病，反复就医，尽管各种医学检查阴性，加上医生的反复解释，均不能打消其疑虑，常伴有焦虑或抑郁。

（5）强迫症表现：重复做某一动作或某一件事，或反复思考一些想法，无法克制内心的冲动，伴有较明显焦虑，一天中有数小时会做反复动作或竭力思考等强迫行为。

（6）社交障碍表现：很少在生人面前多说话，表现为敏感、多疑且易害羞。对别人的讲话比较留心，常担心别人会议论自己，有时对别人有警惕心理状态，做事小心谨慎。

（7）人格障碍表现：平时充满敌意，经常疑心别人有意与他作对，内心对环境愤愤不平，常常有想叫骂，摔东西，常为小事与人争斗，终使之难以与周围人相处。

（8）恐惧症表现：经常会采取某些逃避行为，主要是但心、缺少安全感，所以表现为不敢独自一人留在家中，不敢去空旷的地方，强制去时有紧张、焦虑、手足出汗的症状出现，也会有心跳加快、心慌的表现。

（9）偏执症表现：不信任别人，经常怀疑别人捉弄他、迫害他，为此去收集别人加害了他的依据，走在路上感到被跟踪，看到报道认为在含沙射影针对他等,内心紧张又害怕又愤愤不平,经常影响工作与生活。

(10)精神病性表现:经常有幻听,内容多为批评、责骂,有时与幻听互相对夸、对骂,认为别人要害他跟踪他,伴有紧张情绪,有时认为自己的思维被别人知道了,还会播散出去。

保持平和心态

人人都有心情紧张的时候,要学会时时刻刻放松心情,学会用一颗平和的心去看待任何一个问题。作者结合自身的实际情况,觉得应从以下几方面来缓解我们的心理压力。

(1)满怀希望。有专家说到美好事物想象法是治疗心理障碍的一种有效方法。富有感情的美好想象,不但可以使人忘掉烦恼,而且对心率、血压、呼吸都会产生良好的影响,对健康十分有利。

(2)多做运动。研究表明人的大脑分左右两半球,忧郁等不良情绪通常发自左半球,而愉快情绪则发自右半脑。人们在进行运动时,左半球会逐渐受到抑制,右半球则取得支配地位。因此,通过参加一些劳动、体育锻炼、娱乐活动可解除紧张郁闷等不良情绪,保持健康心态。所以我们老师一定要找出一部分时间来锻炼身体。它不仅有助于我们身体的健康,也有助于我们心理的健康。

(3)找人聊天。交往是我们现实生活中不可或缺的一部分。所以我们应扩大人际交往范围,与家人、朋友保持良好的关系。当我们压力过大、情绪紧张时,可以通过谈话聊天,得到亲人、朋友的理解安慰,解除内心的压力。

(4)出去旅游,感受大自然。我们都应该有感触,大自然是可以让我们心情舒畅的。法国作家莫罗阿认为:最广阔、最仁慈的避难所是大自然。森林、高山、大海之苍茫伟大,衬托出我们个人的狭隘渺小。所以教师应忙中偷闲,走进大自然,享受大自然,放松心情。

(5)听音乐。当我们心烦意乱的时候,闭上眼睛静静地听一些舒缓的音乐来缓解自己郁闷的心情。这既是一种休息,也是一种冷静的积极思考。

（6）广泛阅读。人常说：书中自有颜如玉，书中自有黄金屋。阅读实际就是一个吸收养料的过程，广泛地阅读，让自己的头脑充实也是一种减压的方式。

以上几点是我在生活中所使用的放松心情，保持平和心态的方法。只要我们热爱生活，珍惜生命，每天吸收新的养料，用真心、用爱、用人格去面对自己的生活，我们的人生就会很精彩。

放松紧张心情的 25 个方法

（1）如果你觉得力不从心，那么应坚决地拒绝任何额外的加班加点。

（2）拥有一两个知心朋友。

（3）犯错误后可别过度内疚。

（4）正视现实，因为回避问题只会加重心理负担，最后使得情绪更为紧张。

（5）不必事事时时进行自我责备。

（6）有委屈不妨向知心人诉说一番。

（7）常对自己提醒：该放松放松了。

（8）少说"必须""一定"等"硬性词"。

（9）对一些琐细小事不妨顺其自然。

（10）不要怠慢至爱亲朋。

（11）学会"理智"地待人接物。

（12）把挫折或失败当作人生经历中不可避免的有机组成部分。

（13）实施某一计划之前，最好事先就预想到可能会出现坏的结果。

（14）在已经十分忙碌的情况下，就不要再为那些分外事操心。

（15）常常看相册，重温温馨时光。

（16）常常欣赏喜剧，更应该学会说笑话。

（17）每晚都应洗个温水澡。

（18）卧室里常常摆放有鲜花。

（19）欣赏最爱听的音乐。

（20）去公园或花园走走。

（21）回忆一下一生中最感幸福的经历。

（22）结伴郊游。

（23）力戒烟酒。

（24）邀请性格开朗、幽默的伙伴一聚。

（25）做 5 分钟的遐想。

心灵悄悄话

心理疾病即心理障碍。心理障碍几乎是人人都可能遇到，如落榜、人际关系紧张造成的情绪波动、心理失调，一段时间内不良心境造成的兴趣减退、打破生活规津，甚至行为异常、性格偏离等，这些由于现实问题所引起的情绪障碍，为心理障碍。像这些问题大多数人注注自我调节或求助父母、亲朋、老师等帮助来调节，假如通过这些调节方法仍无效果时，就需要找心理咨询医生寻求帮助。

情绪的管理不是要去除或压制情绪，而是在觉察情绪后，调整情绪的表达方式。有心理学家认为情绪调节是个体管理和改变自己或他人情绪的过程。在这个过程中，通过一定的策略和机制，使情绪在生理活动、主观体验、表情行为等方面发生一定的变化。

这样说，情绪固然有正面和负面，但真正的关键不在于情绪本身，而是情绪的表达方式。以适当的方式在适当的情境表达适当的情绪，就是健康的情绪管理之道。

控制紧张调整情绪

产生紧张情绪的原因

心理紧张是紧张性事物引起的一种主观体验。能引起心理紧张的事物,我们称为紧张源。紧张源可分为 4 类。

(1)躯体性紧张源指那些由于我们的感知而造成的心理紧张的事物。例如,强烈噪声的袭击,突然的天气剧变,身体患病或不适等。

(2)社会性紧张源是指社会动乱、变革、战争以及生活变故的影响等。

(3)心理性紧张源是指发源于我们头脑中的某些信息所引起的紧张。例如,某些不良的猜测,"凶事"预感,心理冲突与挫折等。

(4)文化性紧张源是指一个人从一个文化环境进入另一种生疏的文化环境时,在语言、习惯和生活方式等方面所遇到的新问题。

紧张情绪的控制方法

心理学研究表明,适度的心理紧张可以成为我们活动的激励因素,只有在这适中的心理紧张状态下,我们才会有较高的劳动生产率和良好的学习效果。例如,人们在考试、评比、竞争等条件下,心理处于紧张状态,这样可以达到促进学习,提高工作效率的目的。所以,我们提倡有点"精神压力",有点"紧迫感"。

但长期处于紧张状态,对人的心身健康与工作效果会产生不良影响。因此,我们应尽量设法避免紧张情绪。下面介绍的 5 种方法,每人可根据自己的特点与条件,加以选用。

(1)避开紧张源,在现实生活中,有时我们可以采取回避或躲开紧张源的方式,以减少紧张和由它所带来的不适感。

(2)采用"自我防御机制",常用的"自我防御机制"有否认、投射、转移、转化、升华、补偿、职离作用、文饰作用和幽默作用等。利用自我心理防护手段,可起到缓和心理紧张与不安,减轻精神痛苦的作用。

(3)建立乐观的情绪,胸襟宽阔、乐观开朗、心情愉快的人,敢于面对现实,一段来说,心理不易紧张。

(4)培养良好的性格,人会因面临新的生活环境而不知所措,精神高度紧张。不改变这种性格,是难以有效地控制心理紧张的。

(5)适度的体育锻炼,"生命在于运动",有节奏的适度的体育锻炼,如太极拳、广播操、舞剑、游泳等,有利于身心健康,也有利于防止心理紧张。

心灵悄悄话

心理学研究表明,适度的心理紧张可以成为我们活动的激励因素,只有在这适中的心理紧张状态下,我们才会有较高的劳动生产率和良好的学习效果。例如,人们在考试、评比、竞争等条件下,心理处于紧张状态,这样可以达到促进学习、提高工作效率的目的。所以,我们提倡有点"精神压力",有点"紧迫感"。

紧张——甲光向日金鳞开

怎样调整情绪

情绪失调的表现

当一个人有下列行为表现时,应当看成是情绪失调,应注意调整。

1. 神经过敏行为

这类行为包括:习惯性肌肉抽搐、皱眉、做怪相、不断地眨眼、咬嘴唇、口吃,经常脸红或脸色苍白、病态性抱怨、经常啜泣等。

2. 情绪反应偏离正常

对错误过分焦虑,对失败过分悲伤;谨小慎微,注意细节:逃避责任,不愿承担新的和困难的工作;对周围漠不关心,感到周围的一切都使自己烦恼;对工作目标缺乏兴趣;不喜欢讲话,不能控制语言或傻笑;有过分的表情动作。

3. 情绪未成熟行为

不能单独一个人工作;不能独立下判断;有自卑感;心情沉重;过多地猜疑或指责别人;十分驯服和容易受暗示,易恐惧,优柔寡断。

4. 好出风头的行为

逗弄或推、挤别人;动作生硬,不严肃;过分花哨地引人注目;过分献殷勤;不断地自夸;经常欺骗别人。

5. 违法乱纪行为

对别人残忍;恃强欺弱,骂人,有污秽语言;过分关心异性,并力图发生身体上的接触;看淫秽的书;对学习缺乏兴趣,逃学,旷课。

6. 身心失调

服饰习惯颠倒或混乱;情绪悲痛时产生恶心或呕吐;有各种各样的躯体疼痛。

调适情绪的方法

如果想调适自己的情绪,使情绪变好起来,下面5种方法,供你参考。

1. 环境调节法

环境对情绪有重要的调节和制约作用。情绪压抑时,到外边走一走,能起调节作用。消除忧虑最好的办法是去看看滑稽电影。心情有不快时,到娱乐场做做游戏,会消愁解闷的。

2. 自我鼓励法

用某些哲理或某些至理名言安慰自己,鼓励自己要克服痛苦和逆境。自娱自笑,自得其乐,会使你的情绪好转。

3. 语言调节法

语言是影响情绪的强有力工具。例如,通过有表情的朗诵,可以消除悲伤。当你悲伤时,大声朗诵马克·吐温小说中的一段滑稽的语言,可以消除你的悲伤。林则徐在墙上挂着"制怒"的条幅;有人在床头上写着"忍""冷静"之类的警句,等等,用无声的语言,自我命令,自我提醒,自我暗示,来调节自己的情绪。

4. 注意力转移法

把自己的注意力从消极方面转到积极有意义的方面来。例如,当你遇到苦恼的事,可将其抛到脑后或多看光明的一面,则会消除苦恼。由于心理突引起不快,有时可以向外转移,以此来缓和、减轻内心的压力。由于失恋而引起痛苦,可以把情爱转移到另一对象身上。

5. 能量发泄法

对不良情绪可以通过适当的途径排遣和发泄。如果消极情绪不能适当地疏泄,容易影响心身健康。该哭时应大哭一场;心烦时找朋友倾述;不满时适当地发发牢骚;愤怒时可以适当地出出气;情绪低落时可以参加游艺活动;心理矛盾不可解时,可到心理咨询门诊求助于心理医生的帮助。

不要情绪过于激动

1981 年 10 月 19 日夜晚,中国足球队对科威特足球队的比赛结束后,一位观众心脏病发作,歪坐在看台上死去;同年 11 月,中日女排赛后,有九名心脏病人病情加重,其中二人抢救无效死亡——他们发病的诱因都是情绪过分紧张激动。

"大怒可以使人昏厥",这是中国古医书《内经》提出的警告。一个人如若过度的气愤、发怒时,往往会昏倒过去,这也就涉及情绪激动的生理基础问题了。

情绪过于紧张,比如暴怒、恐惧、沮丧等等强烈的刺激,可以使人产生一系列神经上的和内分泌方面的改变。例如,交感神经兴奋、儿茶酚胺释放增多、肾上腺皮质和垂体激素分泌加快、胰岛素逸出减少等,从而促使心跳加速、血压升高、器官缺血、组织损伤。这样就会最终形成各种危害机体的生理疾病,甚至死亡。

现在医学心理学研究证实,人的情绪在高度紧张状态下,会触发肾上腺大量分泌出肾上腺素,出现呼吸加速、加深,心搏加快,血压增高,血糖增加,血液含氧量增加的情况。这是经过现代化科学技术探查的结论,它进一步论证了我国古代医学讲的情绪过于激动的生理机制。

可以说,情绪几乎参与人们的一切活动,情绪对人的行为活动起着巨大的调节作用。积极的情绪体验,激励着人们进行创造性的探索。心理学认为情绪是对客观刺激的主观反应,由于周围环境中引起情绪反应的刺激是形形色色的,而且是发展变化的和连绵不断的,所以,一个正常的人经常有欢乐、悲哀、愤怒、恐惧等。这些都属于正常情绪的范围。

正常情绪一般讲来,具有三大特征:

1. 事出有因

人们通常都能够清醒地意识到,自己的情绪表现是由一定的原因所引起的。正如"久旱逢甘雨""他乡遇故知""洞房花烛夜""金榜题名时"都会引起人们极大的欢乐那样,人世间的七情六欲都是有着一定的原因的。

2. 表现恰当。

一定的刺激会引起一定的情绪反应。反应和刺激应当相互符合，情绪的发生应当和生活环境及其产生的刺激相符合，正如成功会带来喜悦，失败会带来痛苦那样，该高兴的就高兴，该悲哀的就悲哀。而且，该大笑的时候就大笑而不是微笑，该大哭的时候就大哭而不是小泣。

3. 适可而止

情绪表现的持续时间和强烈程度都应恰当，不能无休止地没完没了，也不能过分强烈或者过于淡漠。尽管每个人的情绪反应的长短和大小强度不会相同，但是情绪反应持续时间，是由刺激的性质和对本人的重要程度如何而定的。强烈程度虽然决定于诱发情绪表现时的当时情景，但是每个人总会理智地加以调整，能够收发自如、主动控制。如果像《儒林外史》里面范进那样，得知金榜题名而纵声大笑不已，情绪反应时间过长、强度过于激烈的话，那就是病态心理的反映。当然，如果像有些人那样压抑情绪，过短的戛然停止或过于微弱的表现情绪，也是心理失常的表现。

那么，有哪些不正常的情绪表现呢？

如果一个人总是情绪过于激动，而又任其发展下去的话，那就会形成心理学上所说的易兴奋性，或者叫作易激动性。这种激动性是一种个人对现实刺激作出超逾其分的、不适当的病态性反应。

从临床诊断上看，情绪激动性患者的发作程度和发作性质，有极大的差别，往往表现为两极现象。一种类型是，大部分患者终日唠叨，对日常发生的细微琐事，也深感不耐烦，时时口出怨言，表示不满。另一种类型是，有少部分患者，往往对于无关紧要的事情，产生过分强烈的激动的反应，容易惹是生非，这些患者大部分是属躁狂型的人。

在日常生活里，如果仔细留心观察，你也许会发现有些人有下面这样四种不同的情绪表现形式，这些都是情绪失常的表现。

1. 不当型

在和别人谈论悲惨事件时，会纵声大笑，对很平常的事情，会极度兴奋、激动，或者是惊慌失措等。

2. 欠缺型

虽然置身于极端悲惨的情境，竟然无动于衷，对外界的情绪刺激，一律保持淡漠浑噩，缺乏相应的情绪反应。

3. 矛盾型

在同一个时间、地点和条件下，接受同样的情绪刺激，忽而哭，忽而笑。

4.僵化型

和矛盾型的情绪反应相反,情绪刺激虽然变化不同了,但情绪反应却固定不变。

以上这四种情绪异常反应比较少见。一般常见的情况是这样:情绪失常的人往往对于一些能够引起情绪反应的刺激,表现得无动于衷、冷漠无情;可是一旦他们的情绪真的发生反应的时候,就会走向极端,表现反常,往往会对一些很平常的事情,表现得狂喜狂忧、极端兴奋或者是惊慌失措,而且又常常是难于自我控制,以致行为失常。

为了保持心理健康,首先要保持情绪的稳定。积极的情绪是激励人们进取向上的动力;而消极不当的情绪,比如过分的激怒、忧伤和恐惧等比较强烈的情绪,假若经常发作,那就会和积极情绪相反,会使人们的情绪激荡、紊乱,甚至会引起身体发抖、语无伦次、动作失调,以及身体内部消化停滞、血压增高等有害的生理变化。因此,我们要善于控制、把握自己的情绪。当然,控制情绪,使情绪稳定,并不意味着生硬地压抑自己的情绪,该哭的时候还是要哭,该笑的时候还是要笑。但是,切不可过喜、过忧和过怒。过于兴奋、过于忧伤和过于激怒都可能变成疾病,甚至可能造成难以挽回的后果。

我这样讲,毫无"危言耸听"的意思。《岳飞传》里的武将牛皋,几次和侵略中原的主帅金兀术交战失败,最后一次交锋时,把金兀术打落马下,牛皋骑在他身上处死金兀术后,仰面狂笑不止,当即乐死在战场上。这不就是过喜可以致人于死命的典型事例吗?《红楼梦》里面的林黛玉,父母双亡、家道中衰,寄人篱下,终日里忧愁郁闷,后来又因为得不到知音贾宝玉的爱情,忧郁成疾、饮恨而死。这不就是过忧可以致人于死命的典型事例吗?《三国演义》里的周瑜,自恃才高,和诸葛亮进行过三次智力较量。在最后一次较量时,周瑜不顾客观条件,骄横跋扈地围攻荆州,因战略失利,惨遭失败。周瑜明知自己的才智不如诸葛亮,但却又不肯认输,在盛怒之下,连叫数声"既生瑜,何生亮!"吐血数斗而亡。这不就是过怒可以致人于死命的典型事例吗?

帕瓦罗蒂的父亲是一位具有男高音天赋的人,但他太过害羞,一登场就紧张,因此注定与舞台无缘。帕瓦罗蒂虽然成了职业歌唱家,但也具有父亲那样的情况,登场时分外紧张,为此,帕瓦罗蒂采用种种办法来消除自己的紧张情绪。

帕瓦罗蒂最广为人知的癖好是,演出前必须要揣着钉子,没有钉子,"高音C之王"就没法高歌。每次演出,他都要在后台苦苦寻找一枚钉子,要是幸运的话,找到的是一枚生锈的弯钉子,那接下来的演出肯定精彩异常,一口气多唱几个高音C也说不定;倘若连一枚崭新的不弯的钉子都找不到,那歌王郁闷之下,就会拒绝放歌了。

这个特殊的举动被解释为帕瓦罗蒂的迷信。根据他家乡的古老传说,生了锈的弯钉子会给人带来好运:第一,金属象征着好运气;第二,弯头的钉子可以避邪;第三,钉子可以把魔鬼牢牢钉住,不让它跑出来作乱。因此帕瓦罗蒂不管在世界任何一座歌剧院演出,都会带上一枚弯钉。不少歌迷都知道他的这个癖好,于是人们从世界各地纷纷给他寄来各种各样的弯头钉子,其中还有些是用纯金打造而成的。

幸好,帕瓦罗蒂的这个"爱好"早已不是秘密,任何一个主办方也不敢去冒歌王罢唱的风险,一定会提前撒下若干枚铁钉供他捡拾。而帕瓦罗蒂昂贵的演出礼服的口袋也会因装着不少铁钉而被戳破。

帕瓦罗蒂消除紧张的办法当然不止这一个,他和白手帕的关系也是世人皆知的。帕瓦罗蒂称,为了克服上台前的紧张,起初他用狂吃来解决,他的体重因此大增,上台后人们总是把注意力集中在他的肚子上,这使帕瓦罗蒂感到难堪。于是有人出主意说,不如拿一块大手帕,既可以擦汗舒缓紧张的情绪,也可作为转移观众注意力的道具。然而多数时候,帕瓦罗蒂用手帕紧攥的却是那枚弯钉,越攥紧就越能发挥出色。帕瓦罗蒂说:"1973年我在密苏里举行第一次演唱会时,就已开始使用白手帕来擦汗。我发觉,有白手帕在身边,会让我觉得安稳些。手帕有它本身的功能,但也是为了能带来好运。"另外,帕瓦罗蒂的迷信还发展到颜色上,他只穿红色内衣,从紧身背心到袜子,甚至包括衬裤都是红色的。

2006年,帕瓦罗蒂曾有一个坐着轮椅公开露面的机会,虽然不能唱,但是从照片上人们看到帕瓦罗蒂依旧攥着白手帕,里面一定有枚铁钉。病中的帕瓦罗蒂也一定曾暗暗向这位几十年随身陪伴的"钉神"求助,希望它能保佑自己过病痛大关。

🦋 心灵悄悄话

情绪管理,是对个体和群体的情绪感知、控制、调节的过程,就是用正确的方式、方法,探索自己的情绪,然后调整自己的情绪,理解自己的情绪,放松自己的情绪。

上台发言含口温水可以缓解紧张情绪

很多人都有这样的体会,无论面试、演讲、还是做报告,只要一面对听众,心里就会怦怦直跳,紧张得舌头打结、全身冒汗,有时头脑一片空白,准备好的发言也想不起来了。该怎么办呢?

发言时的紧张来自内心的恐惧,比如害怕出错、害怕观众不满意等。美国德州大学教授约翰·戴利表示,这说到底是太在意自己的表现、追求"完美"导致的。因此,放低标准,允许自己"出错",是克服紧张情绪的第一步。此外,一些实用的小技巧,也能帮你驱散紧张。

首先,发言前含口温水。上台前几分钟,可以含一口温水在嘴里,让它停留一两分钟再喝下去或者吐掉,这样不仅能润滑嗓子,还能帮助舌头和口腔的肌肉放松。其次,手里攥个小东西。男高音歌唱家帕瓦罗蒂演出时,手里总会捏紧一个白色手帕,一来缓解紧张的心情,二来显得自己更有精神。攥着钢笔、橡皮等小物件,同样管用。最后,目光盯紧一个地方。发言时越东张西望,就越容易被观众的情绪所影响。因此,目光集中,反而能够帮你集中精力,专心表现。

如何在工作中控制自己的情绪?专家建议:调整好作息时间,科学锻炼和饮食可以给你带来不一样的抗击打压力的能力。锻炼时间,每周三次,每次45分钟即可。

上班时,办公族久坐导致血液循环不好,应该每隔一个小时起来做一下全身的拉伸和原地踏步5分钟,多喝水,做做深呼吸。

下班后应该适度锻炼。首先要有教练的正确指导,不可盲目地进行锻炼,选择适合自己的运动项目。其次,在锻炼前一个小时摄入一些富含复合碳水化合物的食品(如全麦面包、馒头、红薯)外加少量蛋白质(如低糖低脂酸奶)在训练过程当中要少量多次补充水分,如果天气比较炎热,在水里稍加点盐。训练后,及时补充富含简单碳水化合物的食品(香蕉、果汁、运动型饮料、蜂蜜等）。最后，在训练前要充分地进行热身，训练过程当中也不可盲目加大强度，根据自己的体能量力而行，循序渐进，最好有训练搭档陪同比较安全。

心灵悄悄话

　　最后，"成功学之父"卡耐基曾分享过他的演讲秘诀："假设听众都欠你的钱，而你是神气的债主，根本不用怕他们。"这话虽然带有调侃的成分，但的确能增强信心、消除紧张。

紧张——甲光向日金鳞开

管理紧张情绪的方法

紧张是人体在精神及肉体两方面对外界事物反应的加强。一些好的变化和一些不好的变化,日久都会使人紧张。紧张的程度常与生活变化的大小成比例。紧张使人睡眠不安,思考力及注意力不能集中,头痛、心悸、腹背疼痛、疲累。普通的紧张都是暂时性的。

紧张是一种正常的生理反应。适度的紧张,会促进血液循环,使我们思维更加敏捷。

每个人第一次上台,都难免紧张,有些人呼吸困难,有些人腿发抖,有人突然忘词,有人语无伦次,而因为紧张情绪导致的演讲失败,更是比比皆是。

对于讲演师,一定会经历上台演讲授课,成功的演讲经历,对一个成功的讲演师是基础也是积淀。

而要进行成功的演讲,就必须学会管理自己的紧张情绪,避免因为这样的情绪,导致演讲失败。

可见,要成为一名优秀的讲演师,管理好自己的紧张情绪是必须跨过的一道坎。

紧张情绪缘何而来

虽然紧张情绪是正常的生理反应,但是不少人都吃过他的苦头,很多人都是谈"紧张"则色变。

课堂讨论:

你认为是什么导致了上台时的紧张情绪?

当你在等待上台时,你在想什么?

当你受到质疑时,你在想什么?

当你无法回答学院问题时,你在想什么?

导致紧张情绪的典型心理

惨了,我还没有准备好呢? 还记得临考前的心情吗?

我一定要让大家刮目相看。雄心勃勃,想一举成名,压力剧增。

万一讲不好太没面子了。关注失败的后果,聚焦于负面影响中,无法有良好的表现。

这方面我没有经验,怎么办呢?经验是在实践中积累的,很多次是基于第一次。怕,只能适得其反。

紧张情绪成因归纳

1. 没有充足的准备
2. 期望过高
3. 害怕失败
4. 没有类似经验
5. 自然的生理反应

心灵悄悄话

紧张是一种正常的生理反应。适度的紧张,会促进血液循环,使我们思维更加敏捷。

紧张——甲光向日金鳞开

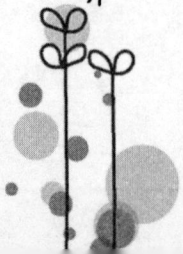

缓解紧张情绪的方法

如何缓解紧张情绪

针对紧张原因,可以采用以下方式来舒缓紧张情绪。

1. 充分的事前准备。

2. 获得听众支持。

3. 表现出自信。

充分的事前准备

事前对听众的了解,让我们可以选择合适听众的主题和内容,容易产生共鸣。

不断的演练,使我们对演讲的内容了然于心,大大增强自信心。

对场地的熟悉和道具的准备,会减少突发状况的干扰,对舒缓紧张有很大的裨益。

由此可见,充分的准备是舒缓紧张的一剂良药。

充分的事前准备的内容

1. 充足的睡眠

带来充沛的精力,有助于击中注意力,保持良好的精神状态。

2. 良好/专业化的开场白

专业的开场,可快速树立讲演师的威信。

3. 辅助器材使用

如 PPT。话筒等。可以提示内容,分散观众关注,掩饰紧张。

辅助器材使用规则

人在紧张时,特别需要有安全感,这是最容易反映出紧张情绪的就是手中的种种动作,如果手中拿着辅助器材,如话筒等,具有一定帮助,但不是所有物品都具有同样作用,有的会适得其反。

1. 一张纸的讲稿

紧张时一般容易发抖,一张纸比较薄弱,会放大紧张情绪,纸张面积越大,重量越轻,越容易放大紧张情绪。

2. 水杯

很多人喜欢用喝水缓解压力,但水杯的颤抖,会吸引大家的注意力,加剧紧张情绪,如果不慎打翻,更是麻烦。

3. 镭射光笔

当你用光笔指示大屏幕时,本来就不好控制的光笔,会最大限度地通过光标的抖动,暴露你的紧张。

获得听众的支持

1. 眼睛多看你的支持者

台下若有自己的亲朋好友,紧张时,可多看他们,当获得微笑和鼓励时,紧张情绪会有很大缓解。

如果台下都是陌生人,可以环顾四周,找到善意的眼光。在演讲或讲演时,常与他们交流,可以得到很多鼓励,有效缓解紧张情绪。

在课程开始前,向每位入场学员问好,并从中找几位闲聊一会儿。聊天内容可以与讲演有关,也可以无关,目的在于增加亲近感。在紧张时,可将他们当成自己的亲友团或支持者。

讲演开始提的问题最好简单点,最好先从封闭式提问开始,容易吸引共鸣,发现自己的亲友团在哪里。

2. 与学员互动

讲演不是演讲,也不是独角戏。讲演师是现场的导演,主角是学员。最简单的互动方式就是向学员提问。

可以先从问好开始,用洪亮、阳光的问候,带动听众情绪,在辅以与主题相关的问题。开场的问题最好是问听众亲身感受,问题和困惑,便于回答。

3. 运用"换框法"给自己力量

换框法的定义:凭逻辑思考去改变受导者信念。其中,意义换框法对于缓解紧张情绪很有效。

意义换框法的定义:所有事情本身没有意义,所有的意义都是人加诸上去的。

一件事：

（1）可以有其他的意义，也可以有更多的意义。

（2）可以有不好的意义，也可能有好的意义。

所有事情都是中性的，好坏由我们自己选择。一件事的意义，只取决与我们的主观思想，只要从中获取正面意义，就能使自己有所改变方法：把"果"改成反义词，把句首的"因为"放到句尾。

举例：因为上司要求严格，所以我压力很大。

换框：上司要求严格，所以我要认真工作，因为：

（1）我想进步更快。

（2）我想学到更多的技能。

（3）我想满足他的要求。

（4）我想让他看到自己的能力。

（5）我想有更优秀的表现。

用换框法改编句子"因为我工作经验少，所以我很难成为一个好的讲演师"。我工作经验少，所以我要成为一个好讲演师，因为：

（1）我可以有更多的时间去打基础。

（2）我可以在试错中学习。

（3）我可以不断增加自己的工作经验。

（4）我可以学习其他老师技能。

（5）我可以在实践中快速成长。

总结：现在是否觉得"工作经验少"，不再是"成为好讲演师"的障碍了？是否更要去努力了呢？

反复演练

无论什么主题，不断的演练是成功的关键。

演练的方式：对着镜子、墙壁，用录音机，请同事，家人当听众，或在自己大脑中"过电影"。

演练的目的：熟悉讲演内容，在此检验讲演逻辑和条理性有效的方式是用思维导图来梳理思路，切莫死记硬背。

不用全部演练，重点是关键支持，并控制好各个过渡点，厘清框架，经得起推敲，就会有把握、有自信。

控制身体

讲演师出场时的步伐、姿势、表情、神态和眼光,是与听众的最初交流。

表现出坚定、自信和稳健的台风,在听众中得到"确有为师风范"的评价,是产生信任的基石。

身体的控制,往往从细节中表现出来。

例如:上场前深呼吸,上场时的步伐适中,到讲台后的定位,开讲前的压场,开讲过程中的肢体语言等。

需要避免的不恰当肢体语言:

(1)没有精神:弯腰驼背,打哈欠,表情疲惫。

(2)频繁走动:走动的频率过高,影响听众注意力。

(3)站姿不雅:抖腿,两腿间距过宽。

(4)手放置不当:双臂交叉抱胸,双臂背后,手放在裤子口袋。

(5)各种小动作:抓耳挠腮,挖鼻孔,手上玩东西。

(6)手势夸张:幅度过大,频率过高,扰乱听众的视线。

(7)站姿僵硬:让人觉得死板,没有亲和力。

(8)用手指指听众:用食指指听众不礼貌,应手掌向上,请听众模拟演练:

请一名志愿者上台讲一个故事。他的肢体语言是怎么表现的,是否有不恰当之处? 自信是紧张情绪的缓解器。

自我暗示:"我很棒! 以前可以,这次也能行。"重复几次后,便能信心大增。

(1)正确认识紧张情绪,紧张是正常的心理反应,有效疏导,为我所用。

(2)运用"换框法",从内心给自己力量,增强自信。

(3)充分准备,辅以道具,肢体语言,有效缓解紧张情绪。

控制紧张情绪方法大全

自信是克服紧张的第一要素

1. 紧张的因素

(1)我们的准备够不够?

（2）如果忘词怎么办？

（3）如果我的内容引不起共鸣怎么办？

（4）如果听众反映冷淡怎么办？

（5）如果我的内容塞不满时间怎么办？

2. 做法

（1）出场前，尽可能让自己身体做大幅度的活动。

（2）从头、颈、肩、手、胸、腰、腿、脚顺序而下，再由小渐大自由地晃动。

（3）活动时要配合顺畅的呼吸。

3. 规则

（1）不要去回忆讲题的内容，也不必预设场景。

（2）注意力集中在身体的律动与呼吸的配合。

4. 功能

（1）把心理的紧张转移到身体的移动，进而舒解情绪。

（2）身体的松动有助于心理的放松，更能扩大自信心。

（3）讲台上的表现，本来就需要肢体语言。

（4）借着调整呼吸，让自己上台不会上气不接下气。

应对紧张的第二种方法

1. 做法

（1）出场后，目不斜视，走向讲台。

（2）不发一语，泰然自若地先布置讲台。

（3）确认第一句开场大纲后，缓缓正式抬起头，带着坚定自信的笑容四目环顾一下周围听众。

（4）稳稳、慢慢、有力地说出第一句话。

2. 规则

（1）虽目不斜视，但也不可眼光涣散，四肢无力，而是目光炯炯有神，脚步沉稳有劲。

（2）布置讲台时专注力必须集中在讲稿或大纲开场的位置。

（3）抬头与听众目光接触时，心中不必想着待会儿要说些什么，只要亲切地笑。

（4）第一句话说出口，虽慢但必须是重点，而且立即吸引全场注意。

3. 功能

（1）先让自己充分适应讲台的感觉,有利于开讲后的发挥。

（2）当自己出现在观众面前时,能自在地安排讲台,并稳住自己,吸引听众。

（3）稍微运用一些时间才开口,不但能稳住自己的情绪也可以运酿听众的期望值。

（4）创造出专业的大将之风。

上台不背稿,背稿不上台

1. 做法

（1）将内容大纲用鲜色的笔写在空白小卡片。

（2）将主题大纲、举例事件、虚拟故事……用不同色笔标示或书写。

（3）排好卡片顺序,出场前24小时内循卡复习,直到大纲浮现在脑海。

2. 规则

（1）卡片上台后视自己信心程度,置于讲台上,或放在口袋中。

（2）看卡片提示,千万别死盯着不放,尽量很自然地低头。

（3）卡片内容看不懂时,千万别假装镇定,可以自我解嘲一番,听众可能因你的幽默而原谅你的小失误。

3. 功能

（1）不再依赖一字不漏的讲稿,而失去发挥更大的可能性。

（2）训练自我"泰然自若"地离开讲台。

（3）学习如何快速整理资料,并配合内在情绪反应,将情绪焦点转移。

（4）几次之后,可迅速有效地提升上台信心及勇气,不再受不知从何说起的牵制。

（5）紧张的情绪会因此而消失,原因在于你事前准备充足有"精华提示卡"。

试讲可以克服现场恐惧

1. 做法

（1）事先了解场地讲台相关位置及设备,并尽可能画下平面图。

（2）根据平面图,在自家虚拟讲台,最好连宽度、深度都相近。

（3）带着提示卡,试着将整场内容说一遍,并配合场地状况,设计讲台走位。

（4）走位设计尽量流畅、连贯,并能关照台下观众。

（5）边练习边修正，再适时加入肢语言。

（6）台词背熟后不必再看，即"丢本儿"，充分感受自己的自信。

2. 规则

（1）排练前，请尽可能丢本儿。

（2）走时不可随便乱走，应用心设计配合内容的位置与肢体语言。

（3）走位请尽早确定，不要让自己不舒适。

（4）当进入整排阶段，不防将自己当天要用的东西，一并用上。

（5）若条件许可，最好到讲课现场去采排。

3. 功能

（1）强迫自己将讲稿背熟，更能加强提示卡的效用。

（2）边说边走，让自己很清楚走到那儿，说到那儿。

（3）由于内容与走位是自己设计的，表现起来会极端有自信。

（4）每次排练都是信心的正增强，因此出场时不是第一次和观众见面，而是第 N 次了。

轻松的互动，让演讲更有趣

1. 做法

（1）出场前，尽可能抓到一个与现场或观众相关联的点。

（2）运用这个点，再加上这些小方法，引起大家的关心、笑声、反映等。

（3）找出有用心听的听众，给予简单的开放式问题。

2. 规则

（1）所有可能运用的小方法必须要事前演练，避免上台尴尬。

（2）当现场观众意兴盎然的时候，必须要有后路来圆场。

（3）寻找真的很投入的那一群人。

3. 功能

（1）拉近与听众之间的距离，台上台下不会出现壁类垒分明的状况。

（2）听众会比较有参与感及某种参与感。

（3）反客为主的引导将全场注意焦点转向听众，让我们有自信掌握全局。

（4）适时地运用符合现场的关联点，会让听众有这位讲者很用心的好印象。

用深呼吸来克服紧张

1. 做法

(1)忘记你的胸腔想起你的丹田。

(2)鼻子吸气,让肚皮鼓气,嘴巴呼气,速度平稳不需太快。

(3)上项练习请先平躺在床上,继而坐起,在接着站起走动或开口说话,循序渐进。

(4)呼吸频率为吸气 1 – 2 – 3 – 4 – 5 – 6 – 7,闭气 1 – 2 – 3 – 4 – 5 – 6 – 7 – 8,呼气 1 – 2 – 3 – 4 – 5 – 6 – 7 – 8 – 9 – 10 – 11 – 12。

(5)当出场后有紧张的情绪,请用丹田呼吸 1~2 次。

2. 规则

(1)用丹田呼吸并养成习惯。

(2)深呼吸不可用胸腔。

(3)必要时再加上慢步就班法,提醒自己稳定。

(4)深呼吸的次数不要太频繁。

3. 功能

(1)有助于舒缓与换气的负担。

(2)培养在出场前情绪的沉淀,安抚紧张的压力。

(3)练就一套不但能克服紧张,更能调气的好功夫。

聪明遮羞法

1. 做法

(1)先通过经验了解会不会紧张而发抖

(2)了解台上所有的屏障物借以遮抖。

2. 规则

(1)遮羞法只是暂时挡一下,不要像橡皮胶一样粘在讲台。

(2)当发现自己已经进入状况时就应该接近听众。

3. 功能

(1)有效了解自己紧张的部位。

(2)建立安全感,借此暂时舒缓因紧张而造成的尴尬现象。

(3)训练自己借着屏障练稳胆识,在渐渐毫无掩体的大方表现,懂得如何在台上自救自保。

喝水的秘密

1. 做法

紧张——甲光向日金鳞开

（1）开始前请确定桌子上是否已经准备好指定水的数量。

（2）发现舌头紧张打结时，泰然自若地喝水，并想象刚吃下一颗定心丸。

（3）紧张若来自于时间，开始前记住把手表放在水杯边，以便不露痕迹地掌握时间。

2. 规则

（1）除非有特别的状况否则别把水杯一字排开。

（2）只是喝一两口，而不是干杯，不要让工作人员疲于奔命。另外，自己也不会憋得难过。

（3）喝水时速度正常，不要因忘词，而刻意杯不离口。

3. 功能

（1）借由喝水，为自己创造一些转还的时间。

（2）运用喝水空档让自己舒缓情绪。

（3）利用喝水，也可以偷描资料。

克服紧张必杀技

1. 做法

（1）发现自己出状况时，先深呼吸稳定情绪，再喝一口水，慢慢走到讲桌旁，拿起一支白板笔，不论接下来要说什么，先让自己镇定下来。

（2）保持亲切的微笑，借此抚平紧张的情绪。

2. 规则

（1）不要在出状况时急于说话或猛想下一句内容。

（2）保持笑容，请记得要自然。

（3）若主题比较严肃请用沉思替代微笑。

3. 功能

（1）练就一套临危不乱的好功夫。

（2）若能练熟，可渐渐练就一身不为外物干扰的好功夫。

（3）想从政的话，练此功夫，可抵挡所有抹黑。

对付紧张的最后密招

1. 做法

（1）当你每一招都用过了仍无法奏效时，就不必再作困兽之斗。

（2）可以以幽默的方式向观众求饶。

（3）求援可说，我见到太优秀的听众，就会习惯健忘，请给我一点掌声，帮助我恢复记忆。

(4)致歉时则说：很抱歉，人脑忽然死机……

(5)招供后，先慢慢喝水，再开始讲。

2. 规则

(1)自我内心一定要认同，坦白忘词不代表不专业。

(2)坦诚招供虽要保持幽默但不可嬉皮笑脸。

(3)招供法属下下策，不可刻意运用。

3. 功能

(1)懂得何时该坦然面对现实。

(2)运用幽默的方法，再自信地开讲，听众往往会更欣赏你。

心灵悄悄话

所有人都会紧张。

承认紧张的存在，找到自己调节紧张的方法。

充满自信，坚定信念，热情地去演讲。

紧张——甲光向日金鳞开

第十二篇　放下紧张亲近自然

回归自然是一种令自己的身心感到放松的极佳方式，对于这一点，大多数身处当今激烈竞争时代下的人们都有同感。不过人们却总是由于种种原因错过了与自然亲密接触的机会，于是人们的心弦便越绷越紧、压力越来越大。何其苦也，适当地走到大自然当中呼吸晨曦中的空气，聆听浪花拍击的声音，抚摸阳光下的海滩，感受天然森林中的缕缕清新……这种感觉是何等轻松！在经受了种种紧张之后，这片刻的放松虽然短暂，但足以令我们的身心得到缓冲，从而使我们养精蓄锐，精力充沛地迎接下一轮竞争。

在山水中放下紧张

融入自然放松自己

大家现在的感觉怎么样？不知道你们还有没有力气打妄想。如果没有力气打妄想，那么现在正是一个开悟的最好时机。佛教修行有这样一句话："大死一番才能大活。"今天这次行脚，有没有人进入浑然忘我的境界啊？你们走路的时候有没有感受到自己的存在？我想，几个钟头的行脚，我们大家的身体虽然很疲倦，但在心理上——我和大家都一样——感觉非常轻松愉快，将工作中的紧张状态搁在了一边。

所谓生活禅，就是"生活中有禅，禅在生活中"。修行其实就体现在生活中。经过前两天比较紧张的听课、上殿、过堂，今天的活动属于参方行脚。这些活动虽然从形式上来说有所不同，但是从修行的意义来讲是一样的。关键在于我们大家会不会修行，我们是生活在一种执着中，还是生活在一种放松、开放的状态中，也就是有没有智慧的观照，——我们说禅的内涵就是智慧。

修行的方式很多，打坐、诵经是修行，在山水中放松自己也是一种修行。修行真正的意义就在于放松。今天社会上的人之所以活得痛苦，原因就在于我们太紧张、焦虑、不安、痛苦。所有这一切的一切，其根源是什么？根源其实就是执着，因为执着使人紧张不安，执着使人焦虑痛苦。禅就是一种放松，放松什么？放松我们的执着。

当初我们很多人可能带着很多想法来到柏林寺，但修行非常重视的是要活在当下。所谓活在当下，就是观照你的每一个念头，就是自己看着自己而不是看别人。就像看电影一样，我们每一个人在修行的时候，也是在看电影，看我们自己的电影。当我们回光返照的时候,就会意识到我们的念头不绝如缕。如果我们保有智慧的观照:我们就不会随着念头跑。在生活禅曲里,有一首唱道:"临流不止问如何,真照无边说似他。离相离名人不禀,吹毛用了急须磨。"这是临济禅师指导修行的一首非常著名的偈子。临流不止的是什么东西呢?如果我们回光返照,就会发现我们的念头像流水一样相续不断,念头中又时常波澜起伏。当我们没有修行的时候,意识不抓自己的妄想,就以为自己没什么妄想;当我们学佛修行之后,具有了一些回光返照的能力,马上就会意识到我们有很多妄想。有很多妄想也不要害怕,——"真照无边说似他"。我们保有智慧的观照,看着它,不要跟着它跑,就像看电影的时候,我们注意的是屏幕上的每一个画面,那么所谓禅的修行,就是保有智慧观照的当下的这一念,既不去想过去的事情,也不去想未来的事情。

参方行脚是禅的修行的一种重要的方式。古代的大德禅师都是生活在山林中,他们的生活非常简单,他们的修行也就在挑水、担柴、吃饭中,——"饥来吃饭困来眠",一切现成的,但是也很难。《指月录》里有一位庞蕴居士,一家人在禅宗的修行上都取得大了成就,有一天,庞蕴谈自己修禅的体会,说:"难、难、难!十担油麻树上摊。"众生无始以来执着惯了,修行就是要摆脱这种执着的状态,把心从尘劳中收回来,这非常的难啊,就像要把油麻摊到树上去一样。这时,庞蕴的太太说:"易、易、易!百草头上祖师意,"因为修行所要修的一切都是现成的、甚至是无所不在的,所以修禅其实不是很难的事情,而且只要保有智慧的观照,当下去体认它,你就有可能开悟。这时,他的女儿又说:"也不难,也不易。饥来吃饭困来睡。"所以禅的修行主要是在生活中。当然,今天的社会比起古代的社会不知道复杂了多少倍,尤其是人际关系特别复杂。而要在这样一种复杂的社会环境中,我们要保有一种单纯的心境是非常难的。因为修禅的最大特点,就是把自己变得越来越简单、越来越单纯。如果一个人修行把自己变得越来越复杂了,那么我敢保证这跟修行是不相应的。

一个人在大自然中,就比较容易放松;而在人际关系中,就比较容易变得紧张。因为人在大自然中就会轻松自在,所以我们放松自己要多到大自然中去。我就住在一座山上,走到城里边,总觉得整个社会有一种很明显的躁动,而在山里边,就使人放松。所以我们营员们,要经常看看蓝天、看看白云、看看山、看看大海,可以开阔自己的心胸,可以放松自己。因为禅的就是使自己放松。我们行脚的意义也就是从这样一种放松中修行，放弃执着、放弃自我，放弃名利、地位、虚荣，我把这些跟我们生命本来面目不相干的东西一点一点剥去，那么生命的本来面目，这种智慧的光明才能逐渐显现出来。如果在我们的生命里边，这些虚妄的东西越来越多，贪嗔痴越来越多。执着越来越多，我相越来越多，那么我们距离佛道就会越来越远。希望大家能共同勉励。

京郊游放下紧张生活

　　北京的外来人口越来越多，所谓的"打工一族"都背井离乡来到这个繁华的大都市，他们要适应这里的快节奏生活，要习惯这里的高消费水平，只是为了能够有更好地竞争，为了能有一个更好的发展。他们努力地工作，拼命地挣钱，甚至每天加班，连周末也不例外，这样往往会整得自己身心疲惫。倒不如在工作之余，卸下身上的"包袱"，和朋友到北京周边玩一玩，放松心情，回归自然，正所谓劳逸结合才会事半功倍。

　　周末休息，有的人喜欢加班，有的人则选择宅在家里，还有人喜欢和朋友出去旅游，人们都是按自己的喜好来安排自己的时间的。但是京郊游却越来越被人们所追求了，最主要的原因是因为经济、实惠还方便。不管是自驾游还是乘公交旅游，交通都是很方便的，再加上适合短途旅行，所以很受上班族的青睐啊，他们会利用周末休息的时间，到处看看，尽情地放松一下心情。如果不知道去哪玩，不知到是看风景还是爬山，或者是参加一些娱乐项目，那你不妨多口味地来尝一尝。

　　给大家介绍几个比较有特色的景点吧，相信喜欢旅游的朋友一定会喜欢的。北京怀柔青龙峡：集青山、绿水、古长城于一体的自然风景区，誉有"塞外小三峡"之美称。游玩游乐项目比较多，有水上的，有山上的，会玩得比较尽兴；吃特色农家院也会让你过足嘴瘾，吃得开心。不管玩还是吃，花钱比起来算是相当便宜。建议大家有空，拿出一天的时间来，到水库与大山古长城上放飞一下心情。北京平谷京东大溶洞：京东大溶洞内全长 2500 余米，其中有 100 米水路，共分为八景区：蓬莱仙境、江南春雨、水帘洞等；包括数十处景观;圣火神灯,西风卷帘,鲲鹏傲雪等。洞内景观晶莹剔透,绚丽多彩,最壮观的是世界上首次发现,洞壁上具有雕刻特色的"龙绘天书"。新开放的休闲洞,洞内四季恒温,冬暖夏凉,可供游客饮茶、品酒、修身养性。此外景区还为游客及中小学生提供各种地质科普知识,使游者对溶岩景观的形成构造有更深一层了解。北京密云薰衣草庄园:园内植物品种很多,站在花海中,看着向日葵、闻着薄荷与薰衣草散发出的淡淡清香,亲身感受一下几百亩的花海,当你置身于大片的花地中间,看着一望无际的紫色海洋,同时伴着耳边蜜蜂的采蜜声,看着眼前蝴蝶成双嬉戏的时候,感觉就像在法国的普罗旺斯般美好。值得一提的是那里依山傍水,清风拂面的感觉一定可以令你心旷神怡。北京好多有名点的景点都是值得一提的,有时间身临其境地去好好感受一番吧,大自然的力量是很神奇很伟大的。

京郊旅游带来的不只是视觉上的美感,还有心灵的放松,只有身临其中才能感受得到。闭上眼睛深呼吸,你的眼前一花海,一眼望不到头……

置身于喧嚣的都市,被纷繁、喧哗所包围,匆匆的脚步,焦虑的面孔,着急的眼神,看不到轻松的神情,放慢的脚步,汽车川流不息,行人摩肩接踵,为了追求,人们做着一件事情又考虑着下一件事情,一个目标接着一个目标内容来自人生智慧网或追求荣光,或追求腾达,或追求权势,或追求艺术现代人快节奏的生活,使人变得浮躁,感情就得空洞,找不到真实的自我,破坏了生活的情趣 。

调整一下我们的心态,把名利和享受看得淡一些,于闲处松松紧张的神经。看看人生的风景,蓝天、白云、远山、绿地……花开花谢,四季轮回,感受大自然,滋润心灵,梳理思绪,让疲惫的心灵得以放松,会获得一份难得的松弛和宁静,原来内心追求一份来自大自然的宁静,平和的感受和融入,来舒缓生活带给我们的压力,能以足够的张力去迎接新的紧张和忙碌。偶尔远离一下喧嚣的都市,去享受这份宁静,从容、平静、张弛有度地去生活,才是真正的人生。

在大自然中放松并学习

暑期是放松游玩最好的时间段,家长可以多安排孩子接触大自然的机会,让孩子在快乐放松的气氛中度过暑假,旅行过程中家长也要把教育融化在旅行计划里,让孩子充实地度过一个难忘的暑假。

假期到了,充裕的时间可以让家长和孩子安排许多丰富多彩的活动,外出旅行在众多活动中更成了家长的首选,但是如何使这项活动富有更多的意义和价值呢?

众所周知,任何活动有规划才能有实现,外出旅行也不例外。展开家庭旅行活动时,需要家长将教育预想、教育目的融化在旅行计划里,实施在旅行过程中,完善在旅行后更长的一段时间里。

旅行中——交流、点拨、感悟

出门旅行的目的不仅是放松,更可以开阔眼界,扩充知识,丰富内心,涵养精神。但有的时候我们会将旅行变成这样的情况:懒得去听导游的讲解,一心只想抓紧时间拍照、打牌、玩游戏、昏昏欲睡……

家长要让孩子理解,山水就是地上之文章。旅行中,家长要帮助孩子认识美丽的山水其实就是地上之文章。它需要我们用眼、用心来解读它。读懂自然,就能读出自己。

来到海滩,可以给孩子讲解海底生物,拿出地图看看世界的海洋,一起读读凡尔纳的《海底两万里》;行走在风景中,可以告诉孩子怎样将自己感受到的美景描写表达出来;来到名人旧迹,可以一边观景一边背诵他的相关诗文;面对历史,可以带领孩子一起走进那段岁月,感受历史的深沉厚重,人性的多复杂,回忆英雄的伟岸坚毅,坦荡从容……

如若行至合肥,不妨和孩子一起看看苏北先生的《城市的气味》,然后相互交换意见。

要说世界是由气味组成的,也不为过。比如,我生活的这座城市,我对她的气味就相当熟悉。这里的夏天,主要是香樟的气味。骑车上街转一圈,在那些小马路上,在遍植香樟的人行道上,那些气味就深入人的内心。那些香樟树,枝叶密密织织,样子清秀圆润,有女子气。或许还是书香门第的女子,特别适宜于这样一个小而温润的城市。

去年秋日,我带女儿在杭州夜游苏堤,女儿稚嫩的声音传了过来:

"这天早晨,我呆呆地望着这全长二点八公里的苏堤。由于拥有六座桥,刚好把苏堤分成七个段落,算来恰如一句七言。啊!那一定是苏东坡写得最长最大的一句七言了,最有气魄而且最美丽……"

孩子诵的是张晓风女士的《六桥》。在这篇文章的诵读中,我和女儿都加深了对苏轼、对六桥、对西湖、对江南的理解。我们虔诚地用两腿走过风景,用两眼膜拜,用一颗打开的心来领受自然、历史、人文对我们的丰厚赐予。

如若行至了古老风雅的苏州,家长可提供一篇《黑白苏州》,帮孩子读懂苏州这座城市的精魂:

"苏州给人的最初印象本是柔美的———吴侬软语、垂堤杨柳、丝绸苏绣、茶肆评弹……苏州骨子里却是刚烈的。这种刚烈最鲜明地体现在苏州人身上。最好的事例是苏州开城祖伍子胥……金圣叹,大明亡灭,普天之下,唯有金圣叹敢于发出呐喊,……明代,苏州织工大暴动更是威震朝野,"柔婉的苏州人这次是提着脑袋、踏着血泊冲击"京城的腐败统治,这次暴动的声响长久回荡在历史的天空。无疑,这些人物和事件,为苏州竖立起一座座历史丰碑,苏州大地耸立起一个个大写的"人"。

亲临式的阅读、山水间的阅读、文化现场的阅读;在阅读中一家人的坦诚交流:这些带给孩子的感受与改变是我们无法估量的。

大自然的声音

去年暑假时,我回到故乡,至今想起,仍然回味无穷,因为那里山明水

紧张——甲光向日金鳞开

秀，到处可以听到大自然的声音。

晨曦初露，村内到处飘飘缈缈，笼罩着一层轻轻的薄雾，犹如羞答答的少女蒙上一层薄薄的面纱，给人一种轻柔朦胧的美感。不久，拂面的清风吹走了薄雾，映入眼帘的是一片大大的荷花池。池中荷花千娇百媚，有的亭亭玉立，有的鹤立鸡群，有的则连冒出水面的勇气也没有。这一景，流淌着淡淡的碧光。我犹如进入蓬莱仙境，鸟语花香，一天的开始由大自然的美景拉开了序幕。

来到村后面的小山，只见青树绿蔓，草盛花繁，一派生机勃勃的景象。蜜蜂从睡梦中醒来，嘤嘤嗡嗡地开始了它一天的工作。蝴蝶也展开漂亮的翅膀，在繁花绿草中翩翩起舞。空地上，一群天真无邪的小孩在追逐吵闹，追蜜蜂，扑蝴蝶，采鲜花……你争我抢，玩得不亦乐乎。大自然在唱歌了，它以优美的旋律告诉我们——这是它的声音，使人快乐的声音！

再向前走，只听见蝉鸣鸟叫。抬头一望，只见画眉、杜鹃在树上跳跳走走，快活得犹如神仙。这样一幅诗情画意的图画，我还没有欣赏完，一阵流水声引起了我的注意。哇，大自然真的会妙手点睛！我赶快向小林走去，原来是一条弯弯曲曲的小溪。溪水清澈见底，鹅卵石粒粒可数，小鱼在水里快活地游来游去，啊！大自然又为我们奏上一曲了。

其实，大自然的声音处处可听，只是现在人们都在忙碌，没有注意到罢了。在紧张的生活中透不过气来时，我们不妨到山间来走一走吧，大自然的声音绝对会让我们放松身心，心旷神怡，使我们产生丰富的想象，领悟到可贵的哲理，也让我们久久回味，忘记一切世俗的烦忧。

敞开胸怀，接受一切属于大自然的声音吧，我们就会活得很开心！

心灵悄悄话

其实，大自然的声音处处可听，只是现在人们都在忙碌，没有注意到罢了。在紧张的生活中透不过气来时，我们不妨到山间来走一走吧，大自然的声音绝对会让我们放松身心，心旷神怡，使我们产生丰富的想象，领悟到可贵的哲理，也让我们久久回味，忘记一切世俗的烦忧。

利用气味可以消除紧张

嗅觉集中消除紧张

近年来,西方国家盛行了一种用植物精华油带出的气味来消除精神压力,以及治疗各种疾病的方法,有些更强调某种香料的气味可令人达至一个特定的精神状态。这类利用气味影响情绪、消除紧张压力及达至治疗效果的方法更被称为"香薰治疗法"(Aromatherapy)。

这种西方所流行的治疗法,在近年间亦开始在本地普及起来。我们可以在规模较大的百货公司及出售沐浴、香薰等物品的专门店,购买到那些用小瓶装着的各类香油。事实上,这种注重气味所能带来精神放松的效用,亦在东方社会里有其长远的历史。而且在现代生活十分紧张及经济相当发达的日本,亦流行燃烧香木或香枝的方法,来达到类似"香薰治疗法"的效果。据说,这种方法在中国早有采用,而近年来亦在本地推广。从心理学的角度来解释,气味是可以从以下的途径来帮助消除压力的。

通常在都市生活的人,都要在放假的日子到郊外享受大自然美景时,才会有机会及那种心情去欣赏绿树花香。所以芳香的气味是与偷得浮生半日闲的情绪及心态有密切关系的。香薰可带来松弛感觉的效果,就是利用这种关系来帮助减低压力。同时气味可以带来嗅觉感官上的刺激,而一些清新飘香的香薰能带给大脑舒适的信息。

生活繁忙、工作节奏紧凑的都市人,不可能天天放假去郊外松弛神经,反而大部分时间是在办公室内忙碌地苦干。若能在这压力高涨的环境中,利用鲜花或其他香薰来散发怡人的香气,是可以令人联想到在郊外或轻松

的经历而达至松弛效果的。当然，令人感到芳香、舒适的气味，也可利用作为松弛练习的媒介。特别是在现代物质已经相当富庶的社会里，除了"嗅觉"这感官刺激所带来的享受较为被忽视外，人们从其他感官刺激带来的享受已是十分丰富。

例如提供视、听享受的器材及文娱活动，选择可说是多得目不暇接；而从饮食之中所带来的味觉刺激，更是中国人特别注重的。在这物质享受已相当丰富的社会，而嗅觉这一环是比较逊色的，有时更达到令人难以忍受的情况，例如垃圾所散发的臭气，本地公共洗手间内难闻的气味，相信大家也不会感到陌生。

在练习"嗅觉松弛法"时，便可利用那些能把注意力吸引、集中过来的香薰而达至精神松弛的效果。同时亦可以享受嗅觉被怡人芬香的气味所刺激而带来的舒适感觉。

香薰松弛神经的注意事项

要是家里有齐全的视听装备，能极尽视觉、听觉的享受，是需要花费颇高的，而且亦未必是时刻都会把这些器材开放着，让它不停地带来感官的刺激。就算是如此，亦未必是一种令有松弛的享受。但是利用香薰来美化生活，相比来说便宜得多，而且香薰是散发于空气中，当人身处其中的时候，便是在每次呼吸时也能享受得到它所带来的舒适的感官刺激。所以若能利用一些自己喜欢，而又自然、清新气味来美化生活，可说是帮助提高生活质素的有效及划算的方法。

利用香薰美化生活时，可参考以下方式及注意事项：

本身的体味

保持身体、头发清洁是相当重要的，不然会发出难闻的气味，亦会影响健康。清洁后可配合自己身体发出的气味，选择适合香味的香水或发水，这样便可以从自己身上嗅到一些令自己舒适的香薰气味。若那些香薰是与一些快乐的经历及松弛的经验有关，当人偶尔嗅到时，便会带来愉快、松弛的感觉。

幽香的环境

摆放干花、燃烧香木或香枝，以及让香油蒸发于空气间，都是令生活及工作环境幽香的方法。当人感到情绪低落或精神紧张时，若能摆放一些鲜花在生活环境里，亦可令人心情舒畅、放松一些。

存放衣服于怡人气味中

存放衣服的地方可同时放进一些自己喜欢其气味的干花（袋装）或香水。这样可避免衣服发臭的情况，穿着时亦会有一种清新、洁静的感觉。

芬芳的洗澡间

在节省用水的前提下，大多数的人都以花洒来洗澡。但若可选用带有自然香味的肥皂，那么在洗澡时亦可带来松弛、舒适的嗅觉享受。若有泡澡的习惯，亦可放几滴适合皮肤用的香油。

要避免臭气的散发

除了在日常生活及环境中，经常采用清洁及气味清新东西外，亦必须避免难闻气味的散发。废物要经常清洁及用有盖的器具存放，若家中有人吸烟，成员便须经常清洁烟灰缸；亦需注意应用密封的存放器具来存放那些会发出浓烈气味的食品，例如蒜头及咖喱，不然附近的物件会沾上其气味。

香薰松弛法

香薰松弛法是利用怡人的香薰作为练习松弛法时的集中点。正如其他的感官松弛法般，借着感官得到的舒适刺激，使练习者可在集中享受刺激的时候，精神能集中、放松过来，而达至身心松弛的效果。

能够散发香薰的东西有不少，例如鲜花及香精也可以散发怡人的气味，但是前者较为昂贵，而后者又缺乏天然的感觉。一些西方流行的"香薰治疗法"（Armatherapy）所采用的植物精华油较为便宜，且采用纯净天然原料。那些优质的植物精华油是采用蒸馏、压榨及溶解等于不同方法，从各种植物中提炼出来的，所以不会含有非天然的化学材料。虽然气味是否如"香薰治疗法"所说，那么有治病的功能，尚未得到传统医学及心理学界的认可，但它可令人有舒适的感觉是毋庸置疑的。而这些植物精华油种样又不少，所以有不同气味的香薰可供选择。这些植物精华油亦可以用不同的使用方法来散发香气,练习者可选择自己喜欢及适合的方法来使用。

以下的植物精华油香薰,有助舒缓精神压力及功效:

(1)罗勒(Basil):一种刺激神经系统的植物精华油。可加强精神集中、消除思想上的疲累,令头脑恢复清醒。

(2)甘菊(Camomille):有舒缓及镇定的效果,有助稳定情绪不安的情况。

(3)薰衣草(Lavender):有助舒缓失眠及情绪低落的情况。

(4)灯花油(Neroli):可帮助镇静神经系统、消除紧张,令思想更灵活冷静。

(5)蔷薇(Rose):可消除神经紧张及酒后不适的感觉。

(6)檀香木(Sandalwood):散发出宁静、惹人冥想的气味,亦有助应付神经紧张。

(7)鼠尾草(Clary Sage):有种强力的松弛剂,使用时要特别小心,有镇静神经、消除失眠的作用。

利用植物精华油散发香薰的方法:

(1)蒸汽方法:把植物精华油倒进蒸香灯白油盆上,让精华油的香薰随着蒸发了的油,散发于空气中。这方法所带来的香薰会较清淡。

(2)直接吸入法:把五至六滴的精华油倒进一杯热开水中,直接呼吸向杯外扩散的蒸汽,若距离近,便会带来较为浓郁的香薰。

"香薰松弛法"的步骤:

1.选择香薰　练习者应选择一种自己感到清香、怡人的香薰作为练习时使用。一般的植物精华油零售店,都会有试用瓶摆放在显眼处,以供顾客尝试其气味的。由于那些是精华油,其气味必然是较为浓烈的,但由于在使用时,通常不会整个瓶子放在鼻子附近来闻,所以在选择时可把一小滴放在手背上,离开若干距离来尝试其气味。每一种植物精华油都有其独特的气味,而喜欢那种气味十分主观及个人的,所以亲自去选择是十分重要。

2.让香薰散发　练习者可以选择用蒸汽或直接吸入的方法来把精华油中的香薰气味带出来。

3.放松精神　练习者舒适地坐下来后,可用"基本调节呼吸法"把精神放松过来。

4.注意力集中在嗅觉上　把注意力完全集中在嗅觉的刺激上,约花十至二十分钟的时间。就是这样宁静、舒适地享受香薰带来的松弛,舒服的感觉便可。热习"香薰松弛法"后,若在平日繁忙的时候再次闻到练习时的香薰气味,便会自然带来舒缓紧张精神的效果。

燃烧香枝松弛法

利用气味作为松弛身心的媒介,其实不是西方专有的事情,原来早在数千年前的东方人亦对此道深有研究,"烧香"便是其中一个流行的例子。

对于一般的都市人来说,他们都以为烧香只是拜神才用的,而对一些不拜神的人来说,很少有机会接触香木,而且烧香给他们的印象,可能是烟雾弥漫、气味浓烈,甚至使人眼泪直流,完全谈不上有松弛的作用。

事实上,烧香在古代东方人生活中是用来改善生活环境,助人达至松弛的境界。而且优质的香是用名贵、罕有的香木制成,例如沉香木便是其中例子,同时绝不含化学香料,所以燃烧后所发出的气味亦是幽香、自然的。对有宗教信仰的人来说,其用途除了可供神佛以表尊敬外,亦助人集中思念,专心念经。一些带甜味的沉香更使人自然生津解渴,可帮助打坐静思一段较长的时间。可能亦因相同原因,古代的书生在绘画、写字之时,亦喜欢烧香,不是为拜神,而是令自己的身心松弛,更能享受悠闲之乐。所以用烧香来松弛身心,绝不是一件新发明的事情,而且亦适合现代都市人的采用。

利用"燃烧香枝松弛法"时,可采用以下步骤:

(1)以"基本调节呼吸法"把精神集中过来。

(2)精神集中在烧香所散发出来的气味上,再配合上平均、缓慢呼吸节奏,整个人便会放松。

(3)如果未能一下子集中精神把眼睛合上,亦可静静地坐着,看着烧香的袅袅轻烟,缓缓向上飘开的动态,然后烟雾扩散至整个空间的过程。因为轻烟的活动是缓慢及柔软的,定神观看不久,便会自然带来平静、舒畅的

紧张——甲光向日金鳞开

效果。

要是经常以烧香来松弛精神，那么在平日生活中，只要再嗅到练习时烧香的气味，便会自然放松起来，令人工作起来也更加平静、松弛。所以在工作室内，烧香有缓和紧张气氛的效果。

一枝长18厘米的优质香枝，大约可燃烧一个小时，要是能以香的长度作为每天休息身心，放松精神的计时方法，亦不失为好主意。练习者可以实习松弛30分钟(半炷香时间)，然后让其余的香气作为美化环境之用亦可。

直接燃烧香木的步骤如下：

(1)在香炉内的中心位置，微微抹开一个凹位。

(2)将引粉放在凹位里，然后用喷火器将引粉燃烧，引粉便会有光和烟冒出。

(3)代引粉所发出的烟略为散闻后，便可将一小片的优质香木种放在这些已储存热量的引粉上，这时便可观看到香木渐渐也冒出烟来；同时因为引粉的热量把木内所储存的油也冒了出来，一点点黑色的液体便会从木里流出来，香木的气味便随着轻烟散发开来。

利用燃烧香木或烧香来把嗅觉集中、松弛身心时，适宜与香炉保持一段距离，这样气味便不会过浓，并达到清新幽香的效果。

心灵悄悄话

除了利用一些经过制作过程变成香枝形状的香木外，有兴趣的亦可以采用"香木直接燃烧法"，所需要的工具除香炉和香炉灰外，亦需要引粉及小型的喷火器具，当然优质的原身香木是不可缺少的。但正因这个方法所需的步骤比较复杂、讲究，练习者在预备及燃烧香木的过程中已经能享受个中乐趣，之后就是能抱着舒畅的心情进行松弛练习。

消除紧张，从容面对

提高自信心

与人交往就紧张的人往往缺乏自信，提高自信心有助于消除紧张感。提高自信心有两个原则：一是减少对自己的否定性评价，增加肯定性评价，如"我现在的自我状态不错""我做得很棒""别人不会看不起我"；二是参与那些容易成功的活动，当你与某个人接触能够不太紧张时，就是一个对你信心的支持，通过多次的锻炼，你的自信心就会越来越强。

做情绪的主人

用理智的力量控制自己的情绪，用适当的方法，来转移和调整自己的情绪，通过心理上的自我放松使冲动和急躁情绪平静下来，待心情平静后再从容不迫地投入学习与工作中。

要保持良好的精神状态和身体状态

精神要尽量放松，面临事物有恐惧感的人往往吃不下，睡不着，惶惶不可终日,这对其身心健康危害极大,为防止这种现象的发生,应该在思想上不过分夸大事物与个人前途得失的关系。另外,要保持良好的身体状况,不要过分劳累。

要学会换位思考

其实有时候自己的举动别人根本就没有注意到,而你却为此惴惴不安了半天。要知道别人对你的看法,对你来说其实并不重要,别人的嘲笑或不屑是因为他们不了解你,是他们的错而不是你的错,你无须为此负责,你也无须向他们作任何解释。要对自己负责,当你为了取悦他人而做出违背你本意的事情时,产生的后果是要由你自己来承担的,别人是没办法帮助你的。学会原谅自己,自己作决定,自己承担后果是敢于负责任的表现。别再为一个决定的失误或一时失态而耿耿于怀。

心灵悄悄话

心理专家认为,紧张是一种有效的反应方式,是应付外界刺激和困难的一种准备。有了这种准备,便可产生应付瞬息万变的情况的力量。因此紧张并不全是坏事。然而,持续的紧张状态,则能严重扰乱机体内部的平衡,并导致疾病。所以我们应该学会自我消除紧张心理。

考生从容面对考试紧张

中考在同学们心目中所占的地位有多么重要是众所周知的,也正是因为它非同寻常的重要性与意义,同学们在面对中考时都会感到不同程度的压力与紧张。

从正面来看,适度的压力感与紧张感可以使同学们的身心都保持一种兴奋的状态,注意力高度集中,思维积极活跃,有利于考试时发挥出个人水平。

但是,相当多的同学因为压力过大、紧张过度,负面的影响远远超过正面影响,以致出现了一定程度的行为困扰和心理障碍,主要表现在:针对考试出现了错误的认识,对自己能否通过考试产生怀疑,并不断夸大自己的失败以及由此而引发的忧虑、紧张与恐惧,在考试过程中不能很好地集中注意力,并出现记忆减退、思路堵塞、推理能力下降等现象。更严重的还可能会引发躯体症状,比如血压升高、心跳加快、肌肉紧张、手部痉挛、头晕、失眠等。

那么,如何消除紧张与压力所带来的不良影响? 笔者建议同学们先从调理身体入手,主要包括两个方面:一是作息,二是饮食。

许多同学在复习阶段为了争分夺秒,常有"开夜车"的情况出现,甚至不少同学已经习惯了深夜学习。鉴于目前课业负担沉重,复习备考更是紧要关头,而深夜相对安静,比较容易专心致志,笔者认为同学们这样做也无可厚非。

同学们需要注意的是:如果你不是习惯了长期"开夜车",而只是在复习阶段"突击"的时候才这样做,那就要注意选择适当的时机调整自己的作息时间与考试同步;如果你长期以来已经适应了深夜学习,那么就要注意让白天的休息时间避开考试时间。这样做的道理在于,人的身体总有疲劳的时候,不可能24小时都处于高峰期,如果你的休息时间与考试时间重合,到时候就会影响答题效果,并且很可能因此加剧忧虑、紧张、恐惧等不良情绪。

"开夜车"毕竟不是人体正常的作息,因此许多同学会借助咖啡、浓茶等饮品来提神。这些饮品中含有咖啡因，能使人亢奋，但同时也对人体的正常运转有着一定程度的损害，所以笔者建议同学们最好不要过多地饮用咖啡、浓茶，尤其是在考试前的几天。此外，刺激性强的食物和油腻的食物也最好不要列入食谱，在外面吃饭要注意饮食卫生，以免因肠胃不适而影响健康状况。香蕉、柑橘、番茄、核桃、牛奶等食物有助于情绪稳定，缓解压力，同学们不妨根据自己的饮食喜好有意识地补充一些，也会有一定的积极效果。

忧虑、恐惧等负面情绪的产生，一个很重要的原因就是同学们对于考试树立了错误的认识，过高地估计了考试的重要性，对考试结果抱有过高的期望。心理学家指出，超出正常水平的期望值会使得针对任务本身的紧张度也达到较高的水平，进而影响完成任务时的正常发挥。也就是说，超过一定程度的期望值自然会引起高水平的焦虑。

因而通过自我暗示的方法来对错误的认知评价进行纠正，是克服考试焦虑的一项重要对策。考生应通过积极的思考与探索，对考试本身树立客观合理的态度，可以采取发问的方式，向自己提出以下问题："考试的目的是什么？""是为了获得好名次还是为了更好地检验学习效果？""是为了寻找自己的不足还是为了和别人一比高下？""以上哪种想法更有价值？""如果考试失败，最坏的结果是怎样？"这种自我启发式的发问会帮助自己认清考试的真正价值和作用，进而能够主动控制自己在考试过程中的心态变化，避免出现"过度紧张"等失控情况。

基本常识和策略都讲过了，下面介绍两种消除紧张的具体方法，供同学们选用。

渐进式紧张缓解法

1. 选择一个舒适的姿势，保持头部不动，眼睛看着天花板，此时眉头先皱起来，用力皱眉，心里默念1、2、3、4、5，然后放松，眼睛再往下看，以此反复。然后使劲闭上眼睛，心里默念1、2、3、4、5，然后睁开眼睛放松，如此反复。

2. 低头，将下巴尽量靠近胸口方向，要使得脖子周围的肌肉都在用力，然后放松。

3. 双手紧握拳头,这时会感觉到前臂的肌肉紧张起来,坚持几秒钟,然后放松。连续做三次,会感到紧张的肌肉得到放松后的松弛感。

4. 依次在臂、足、小腿、腹部等部位的肌肉上进行上述的"紧张放松"练习。

这种渐进式的紧张缓解方法主要是将全身先紧张起来,然后再放松,利用身体紧张后的放松,起到更好的缓减心理紧张的作用。

上面所讲的主要是从生理、心理方面如何正确对待考前的压力感与紧张感,消除过度的压力,缓解过度的紧张。而要从根本上消除考试前焦虑、考场紧张等不良情绪,除了上述的生理、心理调节手段,平时对于所学知识的积累和巩固始终是最关键的。也就是说,所谓胸有成竹,最根本的"竹子"还在于对各科知识与方法的熟练掌握,这是你面对考试的最大底气。只有真正掌握与领会了所学的知识和技能,再加上必要的疏导与调节,考试的时候才能做到应付自如,将自己的最佳水平发挥出来。

心灵悄悄话

中考在同学们心目中所占的地位有多么重要是众所周知的,也正是因为它非同寻常的重要性与意义,同学们在面对中考时都会感到不同程度的压力与紧张。从正面来看,适度的压力感与紧张感可以使同学们的身心都保持一种兴奋的状态,注意力高度集中,思维积极活跃,有利于考试时发挥出个人水平。

紧张——甲光向日金鳞开